KB271472

氷魔傳說
빙마
전설

빙마전설 4

요도 김남재 新무협 판타지 소설

초판 1쇄 찍은 날 § 2007년 5월 25일
초판 1쇄 펴낸 날 § 2007년 6월 5일

지은이 § 요도 김남재
펴낸이 § 서경석

편집장 § 문혜영
편집책임 § 서지현
편집 § 심재영

펴낸곳 § 도서출판 청어람
등록번호 § 제1081-1-89호
등록일자 § 1999. 5. 31
어람번호 § 제2-1213호

주소 § 경기도 부천시 원미구 심곡1동 350-1 남성B/D 3F (우) 420-011
전화 § 032-656-4452 팩스 § 032-656-4453
http://www.chungeoram.com
E-mail § eoram99@chollian.net

ISBN 978-89-251-0721-9 04810
ISBN 89-251-0461-X (세트)

氷魔傳說

빙마전설

요도 김남재 新무협 판타지 소설

Fatastic Oriental Heroes

4

도서출판 청어람

목차

第一章

인육마(人肉魔)

인육마에서 몸에서 터져 나온 검은색의 기운은 흡사 성이
난 맹수와도 같았다. 혈마수라공은 언제나 사람의 생기를 빨
아들이려는 특성을 지녔다.

자연스럽게 혈마수라공은 앞에 있는 설무린을 집어삼키려
들었다.

달려들던 인육마의 표정이 살짝 일그러졌다.

'웃어?'

달려드는 자신을 보면서 오히려 미소를 짓는 설무린의 태
도가 인육마의 심기를 건드렸다. 하지만 그는 자신했다, 지금
설무린이 짓고 있는 미소가 순식간에 변할 것이라고.

쏴아아!

노도처럼 밀려드는 혈마수라공의 기운이 낚싯대를 집어삼
켰다.

검게 물든 낚싯대는 이미 그것만으로도 세상에 베지 못할
것이 없을 정도로 강인하게 변해 버렸다.

횡소천군(橫掃千軍).

횡으로 뵈는 간단한 베기로 어렵지 않은 초식이다. 하지만
그 안에 실린 내력이 인육마가 휘두르는 낚싯대에 담긴 정도
라면 이야기는 완전히 달라진다.

거대한 바람이 사방을 뒤덮었다.

설무린의 손에 들린 검 또한 가만히 있지는 않았다. 그 또
한 설풍수라마검의 마지막 초식인 수라군림의 초식으로 맞대
응했다.

콰앙!

말로 형용할 수 없는 두 힘의 충돌에 산천초목조차도 부들
부들 떨었다. 동시에 설무린의 손에 들린 검이 호선으로 날아
들었다.

수라군림은 변화를 자랑하는 초식!

단순한 베기로 보이지만 그 안에 내포된 변화를 인육마 정
도 되는 무인이 알아차리지 못할 리가 없었다. 그의 안색이
일순 딱딱하게 굳어왔다.

강호 경험이 풍부한 인육마로서도 내심 당황할 정도로 설

무린의 검에서는 묘한 감각이 일었다.

'귀찮은 놈!'

인육마의 몸에서 가닥으로 된 강기들이 환영처럼 솟구쳐 올랐다.

강기의 가닥들이 한 사내를 향해 날카로운 독아(毒牙)를 들이밀었다.

설무린의 손에 들린 검에서도 질세라 막대한 힘이 흘러나왔다.

수라군림의 초식이 사방을 할퀴듯이 다가왔고 강기는 그런 설무린을 뒤덮어갔다. 그리고 두 개의 힘이 만나는 순간 다시 한 번 폭풍이 휘몰아쳤다.

강기를 쏟아내던 인육마의 안색이 확 하니 변했다.

'이, 이런!'

무수하게 변해가는 검끝이 자신의 목덜미를 노리고 날아든다.

강기를 이용해 막아내려고 했지만 그것이 쉽지가 않다.

설풍수라마검 수라군림의 초식은 무변. 그랬기에 만 개의 변화를 내포할 수 있는 설풍수라마검은 환검의 최고봉이라 불러도 진히 문제가 없다.

다만 한 번의 파괴력이 크지 않다는 것이 설풍수라마검의 단점. 하지만 그것마저도 기기묘묘한 변화로 덮어버리기에 설풍수라마검은 북해빙궁 이대검공 중 하나가 될 수 있었던 것이다.

급하게 인육마는 궁신탄영(弓身彈影)의 수법으로 몸을 뺐다. 활처럼 굽혀졌던 그의 몸이 옆으로 벼락처럼 움직였다.

사아악!

소름이 오싹 돋는다.

간신히 피해냈지만 동시에 스쳐 지나가는 검의 차가운 감각이 온몸을 뒤덮는다.

온몸에 감각이 이렇게 저릿저릿하게 살아서 움직였던 것이 언제인지 기억이 나지 않는다.

감각과 함께 불쾌감이 고개를 치켜든다.

"건방진 애송이 놈이!"

그는 옆으로 스쳐 지나가는 설무린을 향해 자신의 육장을 휘둘렀다.

다급하게 몸을 비틀었지만 설무린은 완벽하게 피해내지 못했다. 어깨에 일격을 허용한 후 주춤 물러서면서 급히 호흡을 가다듬었다. 이미 어깨에 큰 부상을 입었던 그다.

갑자기 줄어든 낚싯대 때문에 어깨의 살점이 뭉텅 떨어져 버렸을 정도의 부상이었다. 거기에 다시 한 번 공격을 당했으니 고통은 이루 말할 수 없을 정도였다.

그럼에도 불구하고 그는 전혀 고통스러운 표정을 짓지 않았다. 하지만 겉모습이 그렇다고 해서 실제로까지 그런 것은 아니다.

설무린은 태연한 척하고 있지만 엄청난 고통에 이빨을 꽉 깨물고 있었다.

'어깨에 감각이 제대로 느껴지지 않아. 젠장, 망할 영감 같으니라고……'

전혀 흔들리지 않는 설무린의 모습에 인육마가 부들부들 떨면서 이를 갈았다.

쏟아낸 피 때문에 붉게 변한 수염이 괴기스럽다.

"네놈, 죽어서도 편하지 못하게 하겠다. 육신을 모두 갈가리 찢고야 말겠다, 이놈!"

"노인장 생각대로 되지는 않을 것 같은데."

타격을 입은 어깨를 바라보면서 설무린이 대수롭지 않다는 듯이 대꾸했다. 그의 목소리에는 한 점의 감정도 담기지 않은 느낌이다. 그리고 그러한 모습이 더욱더 인육마의 심기를 건드렸다.

차앙!

낚싯대가 길어졌다.

'여섯 칸? 일곱 칸? 그 정도인 것 같은데.'

낚싯대는 귀찮은 병기였다. 그 길이가 간단한 조작만으로도 줄어들고 늘어나고가 가능하기 때문이다. 그만큼 간격이 자유롭다는 소리다. 그 사실을 몰랐기에 설무린은 어깨에 이러한 부상을 입었던 것이다.

만약 그렇지 않았다면 그러한 단순한 공격에 이처럼 큰 부상을 입었을 턱이 없다.

비록 대가가 비싸기는 했지만 낚싯대의 특징을 알아냈다. 그것은 분명 큰 성과다.

상대에게 자유롭게 늘어났다 줄어들었다 하는 낚싯대가 있다면 이쪽 또한 그에 대응할 비책이 있다. 그것은 바로 운보와 격보다.

'한 칸 늘어나면 한 발 뒤로, 한 칸 줄어들면 한 발 앞으로.'

설무린이 말없이 검을 들어 올렸다. 눈앞에 있는 자는 중원에 나와 상대하는 적수 중 최고의 고수다.

부상을 입은 손이 왼손이라서 다행이다.

흔들림없는 눈동자가 인육마를 응시한다. 정신이 하나에 집중되면서 방금 전까지 느껴졌던 고통이 마치 거짓말처럼 자취를 감췄다.

앞으로 내민 검, 차갑게 피어오르는 검기가 살을 엘 듯이 다가온다.

낚싯대가 정면으로 다가온다.

창을 연상케 하는 강한 찌르기가 설무린의 목을 노렸다. 벼락처럼 빠른 일격이었지만 설무린은 어렵지 않게 공격을 피해내면서 자신의 검을 움직였다.

촤라락!

바람을 가르는 소리와 함께 그의 검에서 잔영이 일었다. 수

십 개의 검이 인육마의 몸을 난자할 듯이 날아든다. 그는 몸을 뒤로 빼면서 자신의 낚싯대를 휘둘렀다.

길었던 낚싯대가 적당한 길이로 줄어들면서 가까운 거리에서 움직이기 용이할 정도로 변했다. 그리고 공격을 받아내기가 무섭게 낚싯대가 길어졌다.

휘익!

갑자기 길어진 낚싯대는 그대로 설무린의 안면을 노렸다.

운보!

그 순간 설무린은 한 치의 망설임도 없이 운보를 펼치면서 뒤로 물러섰다. 그의 생각은 정확하게 맞아들었다. 낚싯대가 거의 코앞에서 목표를 잃어버렸던 것이다.

'좋아.'

눈앞에 서 있는 인육마의 얼굴이 당혹감으로 가득했다. 그는 갑작스럽게 한 보 뒤로 사라진 설무린 때문에 놀란 상태였다. 아무것도 아니라고 생각할 수도 있지만 고수들의 싸움은 종잇장 하나 차이로도 승패가 나는 법이다.

한 걸음이라면…….

'이놈 이상한 보법을 익혔다!'

이끼 전에는 갑작스럽게 일 보가 빨랐다. 그리고 지금은 일 보 뒤로 몸이 사라졌다.

보통 상식으로는 쉬이 이해가 가지 않는 움직임을 펼친 것이다.

그 순간 설무린이 씩 웃으면서 손에 들린 묵빛 검을 휘둘렀다.

생각이 끊어졌다. 아니, 생각을 할 여유가 사라졌다.

허공에 마구 검을 휘두르는 모양새다.

그런데 그 검로는 모두 한곳, 인육마에게로 향하고 있었다. 휘둘러지는 검끝에서 연신 쏟아져 나오는 검기가 온 세상을 할퀴면서 지나간다.

콰드득!

주변에 있던 나무들이 단숨에 잘라지고 돌들도 형체를 알아보기 힘들게 박살이 난다.

이것은 마치 수십 명에게 합공을 당하는 느낌이다.

숨을 쉴 틈도 없이 인육마는 낚싯대를 마구 휘두르면서 날아드는 검기와 충돌했다. 흑색 강기에 감싸인 낚싯대인데도 불구하고 계속되는 충격에 깨져 버린 항아리마냥 내력이 흘러 나가 버린다.

차악!

"으윽!"

낚싯대의 빈틈을 파고들며 검이 허리춤을 베고 지나갔다. 고통에 찬 신음 소리도 잠시, 이빨을 꽉 깨문 그의 두 눈동자에 독기가 가득 찼다.

'감히 몇 차례나 나에게서 피를 쏟게 하다니!'

베인 상처에서 오히려 한기가 치밀어 오른다. 뜨겁게 흘러야 할 피마저 차갑게 식어버린 느낌이다. 이제야 피부로 북해빙궁이라는 이름이 와 닿는다.

"북해빙궁…… 과연 궁주의 말대로군. 얕볼 수 없는 곳이라는 말 이제야 동의하지."

"궁주?"

궁주라는 말에 설무린이 반문했다. 하지만 인육마는 그의 그러한 궁금증을 풀어줄 생각은 전혀 없었다.

그리고 어차피 설무린 또한 대답을 듣고자 물은 것도 아니다. 다시 한 번 이자 또한 북해빙궁을 시끄럽게 하는 일련의 무리와 모종의 관계가 있을지도 모른다는 확신을 한 번 가졌을 뿐이다.

낚싯대에 스멀스멀 살기가 피어오른다.

이미 검게 변해 버린 그의 낚싯대에서는 짙은 피 냄새가 풍겨 나오는 듯하다.

인육마가 냉소적인 미소를 지으며 설무린을 향해 낮게 중얼거렸다.

"새외삼궁의 하나이자 천년만년 눈이 녹지 않는다는 북해빙궁의 소궁주. 죽일 맛 나는 놈이다, 넌."

"노인장이야말로 관이나 준비하는 게 좋을 깁니다."

"한마디도 지지 않으려는군! 좋아, 살아 있을 때 떠드는 거야 네놈 자유니까. 하지만 죽고 나서도 그 건방진 입을 계속 나불거릴 수 있는지 보자!"

피 냄새가 사방으로 터져 나갔다.

하늘을 향해 들어 올린 낚싯대가 화려하게 움직인다. 순식간에 그의 낚싯대와 설무린의 검이 충돌했다.

펑!

카아앙!

귀를 찢을 듯한 금속성이 사방으로 터져 나갔다. 검을 쥔 손바닥이 아려올 정도였지만 설무린은 뒤로 물러서지 않았다.

기세 싸움이다.

한 번 뒤로 물러서면 그때부터는 쉴 새 없이 밀려만 나게 될지도 모른다.

낚싯대의 간격을 계산하면서 연신 막아내던 설무린이 갑작스럽게 왼손을 움직였다. 하얀 다섯 개의 빛줄기가 인육마에게 날아들었다.

"헛!"

그는 헛바람을 들이켜면서 급히 허리를 뒤로 젖혔다. 냉기가 가득한 지력이 그의 몸을 스치듯이 지나갔다.

설광마멸지(雪光魔滅指).

북해빙궁의 차디찬 내력에 잘 어울리는 지법이다.

설광마멸지는 뼛속까지 얼어붙게 만들 정도의 한기를 담은 지법으로, 북해빙궁의 지법 중에서도 손에 꼽을 수 있는 것이다.

‘얼어붙었다!’

단지 스쳤을 뿐인데 옷이 바스러지듯이 사라져 버린다.

북해빙궁의 무공이라는 것이 다소 상식에서 벗어난다더니 과연이라는 말이 목구멍까지 치솟아오른다. 하지만 감탄을 하고 있을 때가 아니다.

떨어져 내리는 낚싯대에서 강기의 가닥들이 사방을 뒤덮었다.

퍼엉!

폭탄이 터지는 것마냥 주변의 모든 사물들이 형체가 변하기 시작했다. 하지만 정작 설무린을 향해 날아드는 것은 강기가 아닌 낚싯대였다.

길이가 자유자재로 변하는 변화무쌍한 병기인 낚싯대는 단숨에 간격을 제압하면서 설무린을 뒤로 물러서게 했다.

휘익!

"큭!"

갑작스럽게 늘어난 낚싯대가 허벅지를 긋고 지나갔다. 낚싯대에 베이면서 생겨난 상처에서 핏줄기가 터져 나왔다.

벼락과도 같이 쾌속하게 낚싯대의 길이가 또 한 번 늘어났나.

하지만 이번도 당하지는 않았다. 설무린은 날아드는 낚싯대를 사전에 검으로 받아냈다.

동시에 그의 손에서 냉기가 가득 담긴 장법이 터져 나왔다.

들이켠 숨을 통해 폐마저도 얼어버릴 것만 같은 한기 가득한 장법이다.

달려들던 인육마가 급하게 뒤로 움직였다.

그렇지만 북해제일장법(北海第一掌法)은 그리 녹록하지 않았다.

솟구쳐 오른 얼음 기둥, 사방을 뒤덮는 무서운 한기!

새외 세력인 탓에 알려지지 않은 북해빙궁에서 유독 한 가지 중원에 알려진 무공이 있다.

그것이 바로 빙백신장이다.

뼛속까지 저릿하게 만들 정도의 한기를 느끼며 인육마의 머리에도 절로 하나의 생각이 떠올랐다.

'빙백신장(氷魄神掌)!'

놀람과 확신이 뒤섞이는 순간 빙장(氷掌)이 그의 신체를 쓸고 지나갔다.

다급히 낚싯대를 휘둘러 막을 형성하여 막아내기는 했지만 완벽하기에는 시간이 급박했다.

빙백신장의 위력에 뒤로 열 걸음가량이나 밀려난 인육마의 두 눈동자가 흔들렸다.

가만히 서 있는 그의 입에서 피가 터져 나왔다.

터져 나온 피가 허공을 수놓았다. 그의 안색이 착잡하게 변했다.

두 번이다.

싸우면서 무려 두 번이나 피를 토한 것이다. 살아생전 이 같은 일을 경험해 본 적은 없다.

새파랗게 어린 북해빙궁의 소궁주에게 큰 낭패를 당했다. 이제는 인정해야 한다.

이놈…… 강하다.

방심하다가는 패배할 거라는 생각이 머릿속을 헤집고 들어왔다.

'웃기는 소리!'

그런 불안감을 떨쳐 내려는 듯이 인육마가 발을 높이 들어 땅을 크게 내리 밟았다.

쿠웅!

사람의 발소리라고는 믿어지지 않을 커다란 소리가 사방으로 터져 나갔다. 그와 동시에 쏜살같이 인육마의 몸이 앞으로 날아들었다.

손에 들린 낚싯대가 바람처럼 앞으로 쏘아져 나갔다.

설무린이 그 공격을 피해내는 순간!

'지금이다!'

간단한 조작과 함께 낚싯대의 길이가 급작스럽게 길어졌다. 그깃은 단숨에 실무린의 가슴을 씻어버릴 것만 같이 맹렬한 기운을 쏟아냈다.

막 가슴에 낚싯대가 닿으려는 찰나 설무린의 몸이 거짓말처럼 뒤로 한 걸음 밀려났다.

'이놈이 또!'

내상을 입어 마음이 조급해진 인육마는 쉴 새 없이 낚싯대의 길이를 조절하면서 몰아붙이기 시작했다. 하지만 방금 전과는 달리 뭔가 벨 것 같은데도 불구하고 낚싯대는 그의 몸에 닿지 못했다.

타앙!

지척에 다다른 낚싯대가 설무린의 검에 의해 옆으로 튕겨져 나갔다. 얼얼하게 느껴지는 감각에 인육마가 살짝 눈을 찡그렸다.

설무린의 얼굴에 여유가 감돈다.

처음에는 피하는 것이 제법 어려웠지만 몇 번 몸으로 겪고 나니 이제는 익숙하다.

문제는 점점 감각이 사라져 가는 어깨.

태연해 보이기는 하지만 실상 설무린의 몸 상태 또한 그리 좋지만은 않았다.

잘못했다가는 정말로 북설의 도움을 받아야 할지도 모를 정도로 말이다.

그는 슬쩍 옆쪽을 살폈다.

걱정스러운 마음을 애써 감춘 채로 서 있는 북설의 모습이 눈에 들어온다.

'오래 끌어서는 안 돼.'

설무린은 자신의 검을 가슴팍으로 끌어당기면서 길게 심

호흡을 했다.

이미 펼쳐야 할 무공은 생각해 두었다.

웬만한 초식으로는 싸움만 길어질 뿐 인육마라는 노괴를 쓰러뜨리기는 버겁다.

설풍수라마검의 마지막 초식인 수라군림, 거기에 운보와 격보를 가미한다.

마음이 정해졌으니 남은 것은 그 길에 대한 확고한 믿음뿐.

설무린의 폐부로 차가운 한기가 쏟아져 들어왔다. 빙백신공의 힘은 그를 강하면서도 냉정하게 만들어줬다.

아까 전에는 수라군림을 방어를 위해 썼다면 이번에는 다르다.

이번에는 설무린이 공격을 할 차례다.

그가 확신을 담아 말을 내뱉었다.

"이만 끝냅시다, 영감!"

말을 끝내기 무섭게 차가운 검이 허공을 갈랐다.

순간 주변의 공기가 무거워졌다는 생각이 든 것은 인육마만의 착각일지도 모르겠다.

이미 설무린이 검을 움직이기 전부터 낚싯대에 실린 강기를 쏘아내리던 인육마다. 불안한 감정이 머리끝까지 치미는 것과 동시에 그의 낚싯대 또한 가만히 있지만은 않았다.

쏴아!

강기가 하나의 커다란 폭풍이 되어 밀려 나왔다.

설무린의 움직임이 가벼워지면서, 동시에 빨라졌다. 그리고 그의 손에 들린 검이 말로 표현하기 힘들 정도로 기이하게 움직였다.

그렇지만 그 움직임이 너무나 미미해 보였기에 인육마는 뻗어진 낚싯대를 거둘 생각을 하지 않았다. 그 찰나 설무린의 발이 앞으로 한 발 내딛어졌다.

그러자 그의 움직임이 갑자기 잡기가 어려워졌다.

'뭐지?

설무린이 보이는데 보이는 것 같지가 않다. 누군가가 듣는다면 그게 무슨 헛소리냐고 되묻겠지만 분명 지금의 인육마는 그러한 생각이 들었다.

그가 두 번째 발걸음을 옮기는 순간 이미 설무린의 검은 인육마가 쫓기조차 어렵게 변해 버렸다.

놀라기는 했지만 인육마 또한 절정고수답게 침착함을 잃지 않았다.

'보이지 않는다 해서 없는 게 아니지!'

위기가 봉착하자 감각이 극도로 치고 올라온다. 감각에 의지한 인육마가 한쪽을 향해 눈을 부릅떴다.

"잡았다!"

낚싯대가 한곳을 향해 일직선으로 뻗어졌다.

파앙!

허공이 터져 나갔다.

동시에 주변에 있던 나무들이 산산조각이 나면서 사방으로 흩어졌다.

그런데,

'없다!'

설무린을 잡지 못했다.

미세하게 손끝에 감각이 일기는 했지만 이것은 결코 치명타가 아니다. 그리고 거짓말처럼 일순 인육마의 두 눈에 수라의 모습이 언뜻 비치는 듯했다.

갑작스럽게 사방에서 들려오는 것은 오로지 검 소리뿐.

"…커억."

가만히 서 있던 인육마의 입에서 또 한 번 피가 쏟아져 나왔다. 하지만 이번은 아까의 두 차례와는 비교도 되지 않을 정도의 양이었다.

더군다나 검붉은색의 피는 그의 상태가 결코 좋지 않음을 말해주고 있었다.

비틀거리던 인육마가 마침내 털썩 무릎을 꿇었다.

그의 허리의 일부분에서 피가 쏟아져 나오기 시작했다. 정신을 잃어가는 와중에서도 인육마는 고개를 치켜들었다.

설무린의 모습이 보인다.

그 또한 가슴에 적지 않은 부상을 입고 있었지만 자신과는 상태가 다르다.

허리에 가져다 댄 손가락 사이사이로 핏줄기가 쉼없이 흘러나온다.

눈앞이 점점 뿌옇게 변하자 인육마가 고개를 숙이며 중얼거렸다.

"졌군……."

풀썩.

말을 마치기가 무섭게 인육마가 앞으로 꼬꾸라졌다.

그가 쓰러지는 것을 확인한 후에야 담담하게 서 있던 설무린이 비틀거렸다. 옆에서 싸움을 지켜볼 수밖에 없었던 북설이 다급히 몸을 날렸다.

그녀의 신형이 번개처럼 날아와 쓰러지려는 설무린을 부축했다.

"소궁주님!"

"아아, 괜찮으니까 부축해 주지 않아도 돼."

설무린은 자신을 부축하려는 북설의 손을 가볍게 뿌리치며 고개를 저었다. 말은 그리했지만 그 또한 어깨와 가슴에 부상을 입은 상태다.

방금 전 수라군림의 초식을 펼치면서 공격해 들어갈 때 설무린은 생사의 고비를 넘나들었다고 해도 과언이 아니다.

만약 그 순간이 수라군림에 격보를 운용하는 때가 아니었다면 지금 당해서 쓰러진 것은 인육마가 아니라 자신이었을지도 모른다.

종잇장 하나.

그리고 그것이 바로 고수들 간의 싸움에서 승패가 갈리는 결정적인 차이이기도 하다.

설무린은 담담하게 죽음을 맞이한 인육마를 조용히 바라봤다. 쉽지 않은 상대였다. 그리고 앞으로 이러한 자들을 부지기수로 만나게 될지도 모른다.

'아직 모자라.'

지금의 실력으로는 설무린 자신이 해야 할 일을 할 수 없다. 이 같은 괴물들이 언제 쏟아져 나올지도 모르는 상황에 지금보다 훨씬 강해져야 한다.

설무린은 혈도를 누르고 금창약을 바르면서 대충 어깨와 가슴에 난 상처를 치료했다.

응급 처치에 불과했지만 효과가 좋아 곧 쏟아져 나오던 피가 멈췄다.

대충 상처의 치료가 끝나자 설무린은 담담한 표정으로 옆에 있는 북설에게 말했다.

"가자."

북설은 애써 걱정스러운 표정을 감추며 말없이 설무린의 뒤를 따라 걸었다. 다소 비틀거리기는 하지만 그는 결코 자신의 부축을 받으려 하지 않았다.

부상으로 인해 느려진 발걸음 때문인지 일각이면 충분한 거리를 무려 반 시진가량이나 소요했다.

추형표국의 인물들은 기습으로 인해 엉망이 된 진형과 주변을 정리하고 있었던 차다. 그들의 시선은 나무 사이에서 나타난 설무린에게로 향했다.

피투성이가 된 채로 걸어나오는 설무린을 향해 표두인 임청우가 다급하게 발을 옮겨왔다.

다소 비틀거리기는 했지만 홀로 걸어오는 설무린의 앞에 와서야 임청우가 발을 멈췄다. 그는 설무린의 위아래를 살피면서 눈살을 찌푸렸다.

작지 않은 상처가 온몸에 가득하다.

특히 가슴과 어깨에 입은 상처는 한눈에 봐도 큰 부상이라는 걸 알 수 있을 정도로 깊다.

"상처가 깊은데……."

"아아, 제 몸은 문제없으니까 서둘러 정리하고 이동하죠. 피 냄새 때문이라도 이곳에서 쉬는 건 무리일 것 같은데요."

설무린의 시선이 꽁꽁 묶여 있는 한 괴한에게로 향했다. 인육마가 나타나기 전 일행을 기습했던 정체불명의 살수 둘 중 유일하게 생포했던 자다.

아직까지 정신을 차리지 못한 그는 미동도 못한 채로 감시를 받고 있었다.

설무린이 천천히 발걸음을 옮겨 말에 달아놓은 수레로 다가갔다. 그는 수레 위에 털썩 누우면서 눈을 감았다.

"빨리 출발합시다."

말을 마친 설무린은 그대로 눈을 감았다. 그리고 거짓말처럼 쿨쿨거리며 잠에 빠져들었다.

다소 늦게 온 조자부는 이미 깊은 잠에 빠진 설무린을 신기하다는 듯이 바라봤다. 그리고 어느새 설무린의 옆에는 그림자처럼 북설이 따라붙어 있었다.

이곳을 떠나기 위해 명령을 내리는 임청우에게 다가간 조자부가 설무린을 바라보면서 중얼거렸다.

“저 사내 참 재미있단 말이야. 저런 부상을 입고 와서 수레에 그냥 누워 잠을 자다니. 임 표두도 그리 생각하지 않습니까?”

“재미는 무슨. 위험한 놈이오.”

“하하. 그게 정답일지도 모르겠군요.”

킁 하며 콧소리를 낸 임청우가 말 위에 올라타서 목청을 높였다.

“시신의 처리를 명령받은 자들을 제하고는 모두 우선 이동한다!”

말 머리가 목적지인 동쪽을 향해 움직이기 시작했다.

第二章
감숙성(甘肅省)

이곳이 바로 북경상단이로군

북경상단은 감숙성 평량에 위치하고 있다.

예로부터 평량(平凉)은 농업과 목업, 광업과 상업이 성세를
이룬 곳이다. 근방에 위치한 다른 지역에서 구하는 모피들의
집산이기도 한 곳이 바로 평량이다.

그만큼 사람들이 많은 감숙성 동쪽을 대표하는 거대한 도
시다.

추형표국의 일행은 그날 이후 아무런 방해도 받지 않고 이
곳 평량에 도착할 수 있었다. 제법 깊은 상처를 입었던 설무
린도 이제는 아무렇지 않은 듯 예전처럼 하루하루 시간을 보
내고 있는 형편이었다.

평량에 들어서는 순간 임청우는 자신도 모르게 깊은 숨을 내쉬었다.

그날 기습이 일어난 후부터 평량에 도착할 때까지 잔뜩 긴장한 상태였던 탓이다.

많은 수의 인원이 죽기는 했지만 임무는 우선 완수했다.

물론 죽은 수하들을 생각하면 결코 마음이 편하지는 않다.

추형표국의 표사로서 오랜 시간 함께해 온 동료들이지 않은가.

평량은 거대했다.

북적거리는 사람들과 시끄러운 목소리가 사방에서 울린다.

말과 수레들은 대로를 타고 이동했다. 사람들이 북적이기는 했지만 이동하는 것은 그리 어렵지 않았다. 그것은 바로 수레에 꽂은 북경상단이라는 깃발 때문이었다.

이곳 평량에서 북경상단이라는 이름이 가지는 무게는 작지 않다.

그랬기에 북경상단의 깃발을 보고 사람들이 양쪽으로 길을 터주면서 이동하기 쉽게 길을 내준 것이다.

방금 전까지만 해도 눈을 감은 채로 명상에 잠겨 있던 설무린도 지금만큼은 평량의 모습을 살피고 있었다.

북경상단이 평량에서 어떠한 위치에 있는지는 사람들의 모습만으로도 알 수 있었다. 그들 중 일부는 조자부를 보면서 고개를 숙이며 예를 취했다.

그리고 그런 그들을 향해 조자부 또한 가볍게 목례를 하면서 대꾸했다.

그러한 모습을 본 설무린은 내심 북경상단의 이름이 이곳에서만큼은 그 정도로 엄청나다는 것을 알아차렸다.

'어마어마하기는 한 모양이군.'

이 정도로 커다란 도시에서 대우를 받을 수 있다는 것은 그만큼 힘이 있다는 소리다.

일행은 그렇게 대로를 통해 북경상단에 다다랐다.

"호오."

설무린이 내심 감탄한 듯이 탄성을 내지르며 수레에서 뛰어내렸다. 눈앞에 모습을 드러낸 북경상단의 외곽은 무척이나 거대했다.

그리고 커다란 문 옆에는 한눈에 봐도 한가락 할 것 같은 무인들이 지키고 서 있었다.

거기다가 적지 않은 사람들이 계속해서 북경상단의 안으로 신분을 조사 받고 들어갔다.

설무린은 위를 올려다봤다.

북경상단(北京商團).

현판에 파여 있는 글씨는 용맹한 무사를 연상시킬 정도로 강인한 느낌을 풍긴다.

"이봐, 안 들어가고 뭐 하는 건가?"

"아."

임청우의 목소리를 듣고서야 고개를 내린 설무린은 앞에 가는 일행을 따라 움직이기 시작했다.

조자부를 발견한 수문위사들이 급히 옆에 있는 다른 길을 열어주었다.

바깥에서도 그랬지만 안으로 들어와서 본 북경상단은 과연이라는 말이 절로 나올 정도로 어마어마한 곳이었다.

한눈에 주변의 모습이 들어오면서 표사들은 넋을 잃은 눈치였다.

그때 헐레벌떡 몇 명의 사내가 달려와 조자부를 향해 고개를 숙였다.

"평량에 들어오셨다는 말을 듣고 기다렸습니다. 먼 여정 고생하셨습니다."

"고생이야 이분들이 더 하셨지. 난 어르신을 뵙고 오려고 하니 추형표국의 일행 분들에게 방을 좀 내주게."

"물론 그래야지요. 걱정 마시고 다녀오시지요."

"알겠네. 부탁하지."

말을 마친 조자부는 임청우를 바라봤다.

"그간 있었던 일을 상세히 말씀드려서 추형표국의 노고에 섭섭지 않게 해드릴 터이니 가서 쉬고 계시지요."

"신경 써주셔서 고맙소."

내심 그 부분에 대해 언급하고 싶었던 임청우였는지라 미리 알아차리고 말을 해준 조자부가 꽤나 고마웠다. 그때 뒤쪽에 있던 설무린이 앞으로 나섰다.

"하고 싶은 이야기가 있는데… 시간 괜찮으시겠지요?"

"물론이네. 내 이따가 기별을 넣겠네. 조금 늦을 것 같은데 괜찮은가?"

"상관없습니다. 그럼 기다리지요."

조자부에게 할 말을 마친 설무린은 옆에 있는 북경상단의 인물들을 재촉했다.

"피곤한 사람들을 계속 새워둘 생각입니까?"

"아, 아니오. 지금 당장 안내하리다. 따라오시오."

그는 설무린이 다그치자 조자부에게 인사를 건네고는 황급히 걸음을 옮겼다.

북경상단의 대접은 괜찮았다.

대부분이 혼자서 방을 쓸 수 있을 정도로 많은 방을 내주었고, 방에 자리하기가 무섭게 날아든 중식 또한 섭섭지 않았다.

식사를 마친 설무린이 길게 기지개를 켜면서 자리에서 일어났다.

"흐음, 그럼 슬슬 나가볼까."

"나가신다니 어딜……."

"평량에 왔는데 이렇게 방에 처박혀서 가만히 있을 수만은 없지. 뭐, 할 일도 있으니 겸사겸사 해서 다녀올 생각이야."

어차피 조자부 또한 늦게 온다고 하지 않았던가. 그동안 설무린 또한 할 일이 있다.

검을 챙긴 설무린이 움직이자 북설 또한 아무 말 없이 그 뒤를 따랐다.

방을 나선 설무린은 북경상단을 빠져나가기 위해 걸었다. 하지만 워낙 커 제법 걸었는데도 불구하고 아직도 북경상단을 벗어나지 못했다.

계속해서 걷는 설무린은 사람들의 시선에 뒷머리가 간지러울 지경이었다. 그 이유는 전부 바로 뒤에서 따르고 있는 북설 때문이리라.

남루한 검은 무복조차도 북설의 미모를 감추는 것은 불가능했다. 그녀의 아름다운 외모가 사내들의 시선을 끄는 건 어쩔 수 없는 노릇.

그런데 정작 당사자는 그러한 것을 모르는 눈치다.

오히려 사람들의 시선이 자신들에게로 향하자 검에 손을 댄 채 더욱 신경을 주변에 쏟고 있다.

그러한 모습이 내심 귀엽기까지 했지만 설무린은 아무런 내색도 하지 않았다. 그는 자신도 모르게 나지막한 목소리로 중얼거렸다.

“하여튼 사내놈들이란······.”

“예?”

“아니, 아무것도 아니니 신경 쓰지 마라.”

설무린은 말을 얼버무리면서 발걸음을 더욱 빨리했다. 일 각가량을 걸어서 도착한 입구에는 여전히 많은 사람들로 북 적거렸다.

그는 북설과 함께 수문위사에게 다가갔다.

“말씀 좀 물읍시다.”

“왜 그러십니까?”

바쁘게 사람들의 신원을 확인하던 그는 시선도 돌리지 않 으며 대꾸했다.

사실 수문위사는 뒤쪽에서 들려오는 목소리에 내심 짜증 이 났다.

가뜩이나 바쁜 와중에 누군가가 자신을 부르자 일순 짜증 이 확 인 것이다. 그렇지만 그는 그러한 속내를 내비치지 않 았다.

“잠시 나갔다 오려고 하는데 특별히 뭐 필요한 절차라도 있습니까?”

“그냥 신분만 밝히시고 나갔다 오시면 됩니다.”

수문위사는 말을 끝내고서야 고개를 돌렸다. 그리고 고개 를 돌린 그의 눈에는 젊은 한 쌍의 남녀가 보였다.

‘허! 대단한 미녀······.’

수문위사뿐만이 아니다.

주변에 있던 사람 대부분이 북설의 얼굴을 곁눈질로 살피고 있었다.

잠시 넋이 나갔던 수문위사는 이내 정신을 차렸다.

"두 분의 신분이 어떻게 되시는지요?"

"추형표국의 삼급표사지요."

"삼급표사라고요?"

"뭐 문제될 거라도 있습니까?"

"아니, 그런 건 아닌데⋯⋯."

왠지 이 둘이 삼급표사에 어울리지 않는다 생각했지만 어쨌든 정체가 그렇다는데 자신이 무슨 말을 하겠는가. 그는 종이에 둘의 신분을 적고는 고개를 끄덕였다.

"나갔다 오셔도 됩니다."

"그럼."

설무린과 북설은 자신들을 바라보는 시선을 뒤로하고 평량 시내를 향해 빠져나갔다.

잠시 멀어져 가는 북설을 아쉽다는 듯이 쳐다보던 수문위사가 입맛을 다시면서 중얼거렸다.

"거참, 내 살다가 상단주(商團主)님의 딸보다 예쁜 여인은 또 처음 보는군."

평량 시내는 방금 전 말과 수레를 타고 지나왔을 때와는 사뭇 다른 느낌을 풍겼다. 그때도 느끼기는 했지만 이렇게 평량을 걸으니 어마어마한 인파가 피부로 느껴진다.

설무린은 주변을 두리번거리다가 제법 나이가 있어 보이는 노인에게 다가갔다.

돌계단에 앉아서 곰방대를 물고 있는 노인은 꽤나 한가해 보였다.

"영감님."

"……."

자신을 부르는 것을 모르는지 노인은 곰방대를 연신 뻐끔거리면서 하얀 연기를 뿜어댔다. 그러자 설무린이 목소리를 조금 높였다.

"영감님!"

"헛! 깜짝이야! 어떤 썩을 놈이 노인의 귓가에 대고 고함질이야, 고함질은?!"

노인은 깜짝 놀란 얼굴로 고개를 돌려 설무린을 바라봤다. 그제야 눈을 마주친 설무린이 자신을 보고 웃고 있자 노인이 연기를 뻑뻑 내뿜으면서 고개를 갸웃거렸다.

"네놈은 누구냐? 생전 처음 보는 녀석인데……."

"저도 영감님은 생전 처음 봅니다."

"뭐야? 그럼 왜 갑자기 말을 건 거냐?"

"멀리 서찰을 하나 보낼까 해서요. 전서구를 보낼 만한 곳 좀 여쭈려고 말을 걸었습니다."

노인은 손가락으로 오른쪽을 가리켰다.

설무린의 시선이 자신이 가리킨 곳으로 향하자 그는 간단하게 설명했다.

"이 길을 따라 쭉 가다가 두 번째 골목에서 꺾어 건물 두 개만 지나면 전서구를 보내는 곳이 있을 게야."

"가르쳐 주서서 감사합니다."

설무린은 노인이 말해준 길을 따라 걷기 시작했다. 북설은 그가 해야 할 일이라고 했던 것이 무엇인지 어렴풋이 눈치를 챘다.

그는 지금 북해빙궁에 전서구를 보내려고 하는 것이다.

그것이 어떠한 것에 관련된 것인지는 모르겠지만 말이다. 그리고 예상은 적중했다.

노인이 가르쳐 준 건물로 들어선 설무린은 새 특유의 냄새를 맡았다.

퍼덕거리는 날갯짓 소리가 사방에서 들려온다.

구멍이 휑 하니 난 지붕에서 들어온 햇빛 덕분에 건물 안의 모습을 살피는 것은 전혀 어렵지 않았다.

손님이 온 줄 모르는 이곳의 주인은 여전히 새에게 모이를 주느라 분주히 움직이고 있었다. 그런 그를 향해 설무린이 다가갔다.

"주인장이시오?"

"어이쿠, 손님이 오신 줄 몰랐습니다."

주인은 모이 주던 일을 급히 멈췄다. 턱에 수염이 덥수룩하기는 했지만 갓 서른이 넘은 듯이 보이는 사내였다.

"어쩐 일로……?"

"전서구를 보내러 왔지 또 뭐 있겠소?"

"하하, 것도 그렇군요."

순박해 보이는 얼굴의 그는 멋쩍은 듯이 웃었다.

설무린은 그런 그를 향해 품 안에 있는 서찰 하나를 꺼내서 건넸다.

"이것을 보내려고 하는데."

"예, 그러지요. 그런데 장소가……."

"북해."

"…북해요?"

잘못 들은 것이 아닌가 하는 표정으로 사내가 설무린을 바라봤다. 주인의 표정에서 마음을 읽은 설무린은 다시 한 번 힘을 줘서 말했다.

"북해 맞소."

"저기… 그곳은 이곳에서 전서구를 보내기가 어렵습니다. 그곳은 워낙 추운 곳이라 평범한 놈으로는 보낼 수가 없습니다."

"흐음, 그렇다면 청해성에 있는 천명검파에 보내는 것은 가능하오?"

"그거야 문제없지요."

어렵지 않다는 말에 설무린은 주인에게 종이와 붓을 빌려 달라고 하고는 새로운 서찰 하나를 적었다. 그리고는 새로이 적은 서찰로 가져온 것을 감싸듯이 접었다.

"이것을 천명검파로 보내주시오."

"그리하지요."

주인은 서찰을 받아서는 새 한 마리를 꺼내 그 다리에 묶었다.

천명검파에서 이 서찰을 받는다면 설무린이 부탁한 대로 첨부한 서찰을 북해빙궁으로 보낼 것이다.

"잘 갔다 오너라."

말과 함께 사내가 손을 들어 올리자 팔뚝에 앉아 있던 새가 허공을 가로지르면서 날아올랐다.

새가 날아가는 것을 확인한 후 대금을 지불한 설무린은 북설과 함께 가게를 빠져나왔다.

잠시 심각한 표정으로 하늘을 올려다보던 설무린은 이내 원래의 모습으로 돌아왔다.

"이제 할 일도 끝났으니 평량 구경이나 하다가 들어가 볼까."

북경상단 상단주의 외동딸인 화가영(華佳英)은 평량에서도 알아주는 미녀다.

더군다나 그녀의 배경 또한 감숙에서 가장 큰 북경상단 상단주의 외동딸이니 어디 가도 빠지지 않았다.

그 탓에 화가영은 감숙에서 첫 번째로 꼽는 미녀로까지 불렸다.

오전 내내 난을 그린다며 방에 처박혀 있던 화가영은 점심 식사를 마치고 나서도 한참의 시간이 흐른 후에야 방에서 나왔다.

그녀의 옆에는 열여덟 살 정도 되어 보이는 시녀 하나가 따랐다.

화가영은 내내 방에 틀어박혀 있었던 게 답답했었는지 옆에 있는 시녀에게 다소 짜증 섞인 목소리로 말했다.

"소소! 아버지가 시킨 것도 다 했는데 잠시 바깥에 나갔다가 오면 안 될까? 오늘 유명한 곡예단(曲藝團)이 온다고 했단 말이야."

"아가씨, 허락받지 않고 함부로 나가셨다가 큰일이라도 나면 어쩌시려고요."

"에이, 바로 요 앞인데?"

"일이라도 벌어지면 전 상단주님께 맞아 죽어요, 아가씨."

소소가 화가영의 마음을 돌려볼 심산으로 애절하게 말했다. 하지만 예전부터 곡예단 구경을 한번 해보고 싶었던 화가영 또한 쉽사리 물러나지 않았다.

그녀는 끈덕지게 졸랐다.

"가까운 곳인데 무슨 일이 벌어져? 그리고 이곳에서 누가 날 건드리겠어? 내가 누군지 다 아는데도 날 건드릴 수 있겠어?"

"것도 그렇지만……."

너무나 당당한 화가영의 말투에 소소의 목소리가 오히려 죽어 들어갔다.

사실 소소 또한 곡예단의 묘기에 대해 이야기만 들었던 터라 내심 관심이 가고 있었던 터다.

비록 아가씨와 시녀의 관계지만 어렸을 적부터 같이 자라온 둘은 친자매처럼 각별한 사이였다. 그리고 이렇게 졸라오는 화가영을 단 한 번도 이겨본 적이 없는 소소다.

그녀는 눈을 질끈 감았다.

"좋아요. 그렇게 해요. 하지만 아가씨, 무슨 위험한 일이 생기면 바로 돌아오는 거예요. 그리고 호위무사로 장씨 아저씨를 모셔가도록 하죠."

"장씨 아저씨도? 그냥 우리 둘이 가면 안 될까?"

"그러면 전 아가씨가 나가지 못하게 붙들 수밖에 없어요."

"알았어! 장씨 아저씨도 모시고 가. 그럼 됐지?"

"그럼 장씨 아저씨의 거처에 들렀다가 바로 나가죠."

소소 또한 들뜬 마음을 감추기 어려웠는지 가벼워진 발걸음으로 북경상단의 무인들이 머물고 있는 무경각(武景閣)으로 향했다.

무경각으로 다가가자 북경상단과는 다소 이질적인 소리들

이 흘러나왔다.

창창!

"하압!"

병장기들의 시끄러운 소리와 사내들의 고함 소리가 가득하다. 화가영은 그러한 소리가 싫은지 살짝 눈을 찡그렸다. 그러나 평소 그런 그녀의 성품을 아는지라 소소는 아무렇지 않게 안으로 들어섰다.

무경각 안으로 들어선 그녀는 뒤쪽에 처져 있는 화가영을 바라봤다.

"아가씨, 안 들어오고 뭐 하세요?"

"혼자 다녀오면 안 돼?"

"아가씨가 혼자 도망치면 어떻게 해요. 같이 가기로 했잖아요."

"에휴, 알겠어."

어쩔 수 없다는 듯이 화가영은 무경각 안으로 발을 디뎠다. 그렇지만 그녀는 이곳에 있는 것이 싫은지 빠른 걸음으로 이들이 머무는 거처로 향했다.

어떠한 방 앞에 도착하자 소소가 문가로 다가가 입을 열었다.

"아저씨, 안에 계세요?"

"뭐냐? 또 소소냐?"

말과 함께 누군가가 문을 열면서 바깥으로 걸어나왔다. 모습을 드러낸 것은 다소 행색이 엉망인 중년의 사내였다.

제법 남자답게 생긴 외모였지만 대충 깎은 수염과 씻지 않은 듯이 남루한 모습은 그러한 그의 매력을 보이지 않게 만들 지경이었다.

그는 소소에 이어 화가영을 보고는 피식 웃었다.

"아가씨도 오셨군요. 어쩐 일로 여기들 온 겁니까?"

"잠시 외출하려는데 소소가 아저씨라도 호위 겸으로 붙이자고 해서요."

"거 잘됐군요, 마침 심심하던 차에. 그런데 어딜 가려는 겁니까? 혹시 서책 같은 것을 구하러 간다거나 차를 마신다거나 이런 거면 저는 좀 빼주시지요."

진저리난다는 듯한 표정으로 말하며 그가 손사래를 쳤다. 그러자 소소가 재빠르게 조그마한 목소리로 말했다.

"곡예단 구경 가는 거예요, 장씨 아저씨."

"호오. 거 구미가 당기는 소리군."

말과 함께 신발을 신으면서 그는 계단 아래로 내려왔다. 그는 손에 들린 검을 허리춤에 동여매고는 엉망이 된 머리카락을 끈으로 고정했다.

대충 준비를 마친 장씨가 오히려 그녀들을 재촉했다.

"뭐 하십니까? 어서 나가시지요."

"알았어요. 소소, 가자!"

화가영은 소소의 손목을 잡아당기면서 말했다.

앞장서 가는 그녀를 보면서 장씨는 뒤에서 다시 한 번 웃음을 삼켰다.

소소의 옷소매를 잡고 있던 화가영은 무경각을 빠져나가고 나서야 제대로 숨이 쉬어지는 느낌이었다.

'치, 무인이 무슨 필요가 있다고.'

화가영은 선천적으로 무인을 싫어했다. 왜 무공을 익혀서 서로를 죽이는지 그녀로서는 도저히 이해하기 어려웠다. 더군다나 강하다는 게 뭐가 그리 중요한지 그들은 자신들의 병기에 목숨을 건다.

무인을 좋아하지 않기에 소소와 단둘이 다녀오고 싶었지만 그녀의 협박 어린 말투에 결국 장씨라고 불리는 사내와 동행하게 됐다.

장씨라 불리는 이 사내는 신기한 자다.

자세한 신상 명세는 알려진 것이 없다.

물론 상단주야 장씨의 정체를 알고 있겠지만 다른 사람들은 그의 이름조차 모른다. 그저 성이 장씨라고만 밝혔기에 그리 불리는 것이다.

정체를 알 수 없는 자이지만 평소 행실 때문인지 신비감이라고는 눈곱만큼도 찾아볼 수 없는 사내.

수월하게 북경상단을 빠져나온 셋은 곡예단이 왔다는 곳을 향해 걸어갔다.

곡예단을 찾는 것은 어렵지 않았다.

워낙 소란스럽기도 하고, 많은 사람들이 곡예단을 찾아가고 있었기 때문이다.

"와, 아가씨, 저거 봐요!"

셋이 모습을 드러냈을 때는 곡예단의 묘기가 막 시작된 후였다. 신기해 보이는 그들의 묘기에 두 명의 여인은 단숨에 정신을 빼앗겨 버렸다.

"잠시만요."

소소가 앞장서서 사람들을 헤집고 들어가서 괜찮은 자리를 잡았다.

그녀가 다급하게 손짓했다.

"아가씨, 이리로 와요. 장씨 아저씨도요!"

"으응."

반쯤 묘기에 넋이 나간 화가영이 대충 대답하면서 그녀의 옆에 와서 앉았다. 그리고 그런 둘의 뒤에 장씨라고 불리는 무인이 섰다.

그 또한 흥미있다는 시선으로 묘기를 바라보고 있었다.

밧줄 위에서 춤을 추듯이 몸을 흔들면서 줄타기를 하는 광경에 소소가 손바닥을 마주쳤다.

"히야! 사람이 어떻게 저러죠, 아가씨?"

"그러게."

"저 정도야……."

아무렇지도 않다는 듯이 장씨가 중얼거렸다.

그렇지만 두 명의 여인은 그의 목소리에 귀를 기울이지 않고 있었다.

장씨는 아무런 말도 없이 곡예 부리는 것을 바라보다가 누군가와 눈이 마주쳤다. 아무렇지 않게 지나치려던 장씨의 눈이 순간 멈칫했다.

건너편에 있는 사내.

생전 처음 보는 사내와 눈이 마주쳤거늘 눈을 돌릴 수가 없다. 그리고 상대방 또한 자신을 바라보고 있다. 뚫어져라 바라보는 그 시선을 마주하던 장씨의 등줄기를 타고 묘한 감각이 스쳐 지나갔다.

그때 자신과 눈이 마주쳐 있던 사내가 냉소가 가득한 미소를 지어 보였다.

'위험해!'

자신도 모르게 든 생각.

하지만 이것이 바로 무인의 감각이다. 앞에서 불을 뿜어대는 묘기를 신기하게 바라보는 두 여인의 팔목을 장씨는 급히 잡아챘다.

놀란 화가영이 자신도 모르게 소리를 질렀다.

"익!"

"어머! 아가씨, 괜찮아요? 갑자기 왜 그래요, 아저씨!"

"…피해야 할 것 같습니다."

"피하다니, 그게 갑자기 무슨 소리예요?"

“지금은 말할 시간이 없습니다.”

말을 마친 장씨는 둘의 팔을 잡고 다급히 사람들 사이를 뚫고 바깥으로 빠져나왔다. 갑작스러운 그의 행동에 화가영이 손을 뿌리쳤다.

그녀는 새빨갛게 변한 자신의 손목을 부여잡고는 화가 섞인 목소리로 말했다.

“이게 무슨 짓이에요?”

“그게… 이런 젠장! 빨리 절 쫓아오셔야 합니다. 잘못했다가는 근방에 있는 자들까지 말려듭니다.”

말을 끝낸 장씨는 둘의 앞을 막아서면서 황급히 뒷걸음질치기 시작했다.

무슨 일인지 정확하게 알 수는 없지만 그의 행동이 결코 아무런 이유가 없는 건 아닐 것이다.

망설이는 화가영에게 소소가 말했다.

“아가씨, 우선은 피해요. 장씨 아저씨는 무인이니까 우선 그 말을 듣는 게 좋을 것 같아요.”

“대체 무슨 일이야, 이게!”

오랫동안 보고 싶어했던 곡예단의 묘기를 눈앞에서 포기해야 하자 화가영은 심통스럽게 말을 내뱉고는 다급히 움직이기 시작했다.

두 명이 다급하게 달렸고 장씨는 잠시 그곳에 서서 주변을 경계하다가 경공을 펼쳤다.

장씨가 빠르게 달려가는 둘을 향해 외쳤다.

"왼쪽으로!"

"거긴 막혔는데……."

"아니까 빨리!"

왼쪽으로 꺾이면 막힌 곳이라는 것을 알지만 장씨의 말이었기에 소소는 될 대로 되라는 식으로 그의 말을 따랐다.

왼쪽으로 꺾여서 얼마 가지 않아 소소의 말대로 길이 끊겨 버렸다.

외진 곳에 도착하자 장씨가 몸을 돌렸다. 그의 검에서 새파란 검광이 사방으로 쏟아져 나왔다.

"나와라."

평소 그와는 달리 살기가 가득 담긴 목소리.

듣기만 해도 온몸이 오싹할 정도의 살기였다. 무공을 익히지 못한 두 여인은 그러한 장씨의 모습에 슬쩍 겁을 집어먹기 시작했다.

"숨어 있는다고 알아차리지 못했을 것 같아? 나와라. 일부러 이렇게 장소까지 만들어주지 않았느냐. 아니면 나 하나가 무서운가?"

"그놈 말 한번 재미있게 하는구나."

말과 함께 건물 사이사이, 지붕에서 수많은 자들이 모습을 드러냈다.

각기 행색이 다르기는 했지만 두 눈에서 빛나는 흉흉한 기운이 그들이 이곳에 나타난 목적이 결코 좋은 것이 아님을 알게 했다.

문인(文人)처럼 차려입은 사내가 앞으로 나섰다.

"막다른 곳인 걸 모르지는 않았을 터인데……."

"곧 뒤를 잡힐 걸 알았거든. 그렇다면 네놈들은 주변에 사람이 있든 없든 살수를 펼쳤겠지. 아무리 나라도 모두를 살릴 수는 없으니까."

"호오. 그렇다면 저 둘은 지킬 자신이 있다, 이 소리인가?"

"물론이지."

"하하! 그건 자신감인가 만용인가?"

"그거야 붙어보면 알 일!"

고함 소리와 함께 장씨의 발이 앞으로 슬쩍 움직였다. 당장이라도 공격할 기세다.

하지만 그리 상황이 좋지 않다는 걸 장씨 또한 알고 있었다.

'어디서 온 놈들이지? 눈앞에 있는 이놈도 그렇지만 다른 자들 또한 모두 녹록치 않다. 잘못하다가는…….'

그때 앞에서 웃음을 터뜨렸던 문인 같은 사내가 웃음을 딱 그치면서 입을 열었다.

"일성검(一星劍) 장청기(章靑技). 네놈에 대해서는 다 알고 있다."

'이놈이!'

괴한들은 장씨의 정체를 알고 있었다.

그리고 그것을 알게 되는 순간 장씨라고 불리던 일성검 장청기의 안색이 변했다.

자신의 정체를 몰랐다면 그나마 모르니 이렇게 자신감있게 나온다고 생각할 수 있었다. 하지만 그러한 사실을 알고도 이같이 모습을 드러낸 것을 보면 필승(必勝)의 자신감이 있기 때문일 것이다.

동시에 장청기는 방금 전 곡예단이 있는 곳에서 자신과 눈이 마주쳤던 사내를 떠올렸다.

자신을 보면서 미소를 지었던 사내. 그자는 무척이나 위험해 보이는 사내였다.

슬쩍 곁눈질로 보아하니 아직 그자는 모습을 보이지 않는다. 시간이 얼마 없다.

'그자가 나타나기 전에 승부를 낸다.'

거리도 얼마 되지 않으니 그냥 걸어온다 해도 반 각도 걸리지 않을 거리다. 그 안에 이곳에 있는 괴한들을 모두 쓰러뜨려야 한다.

거기다가 두 여인까지 지켜야 하니…….

난감한 상황이지만 장청기는 내색하지 않았다.

다급한 상황일수록 침착해야 한다. 동요해서는 그나마 좁은 구멍도 지나갈 수 없다.

'생각할 시간도 없다.'

그는 그대로 검에 기를 불어 넣으면서 위쪽을 향해 휘둘렀다. 목표는 지붕에 있는 자들. 그런데 방비를 하고 있었던 탓인지 그들은 쉽사리 당하지 않았다.

검기는 단 한 명도 베지 못하고 허공을 갈랐다.

하지만 그 순간 이미 장청기의 몸은 움직이고 있었다.

허공을 가르는 검은 마치 유성을 연상케 했다.

번개처럼 움직인 검이 괴한 중 하나의 가슴을 단박에 갈라 버렸다.

피가 분수처럼 쏟아져 나왔다.

그 모습에 놀란 화가영이 딱딱하게 굳어버렸다. 비명이라도 지를 것마냥 입을 열기는 했지만 목소리도 나오지 않는 모양이다.

그에 반해 소소는 그나마 양호한 편이었다.

문인으로 보이는 사내는 동료가 죽었음에도 불구하고 아무렇지 않다는 듯이 입꼬리를 말아 올리며 말했다.

"과연 일성검이라는 별호에 어울리는 검이군. 하지만 오늘부로 그 손을 사용할 일은 없을 거야."

"말이 많은 놈이군!"

눈앞에 있는 자가 이 무리의 두목이라고 판단한 장청기는 가장 먼저 그를 공격해 갔다.

문인처럼 보이지만 결코 그게 다가 아닐 것이라는 장청기의 생각은 맞아떨어졌다.

빠르게 꺼낸 섭선이 그의 검을 쳐냈다.

차아앙!

'섭선?! 그렇다면…….'

혹시나 하는 생각과 함께 장청기가 검을 휘둘렀다. 그리고 그의 예상은 맞아떨어졌다. 섭선의 끝에서 날카로운 침들이 쏟아진 것이다.

빠른 판단 덕분에 장청기는 암기들을 쳐내는 것에 성공했다.

그런데 그때 위쪽에 있던 다른 자 하나가 암기를 다시 한 번 뿌렸다.

막기 위해 검을 치켜 올리던 그는 암기의 방향이 뭔가 다르다는 것을 알아차렸다.

그리고 그 목적지가 자신이 아닌 뒤쪽에 있는 소소라는 것을 알아차렸을 때 장청기는 급하게 몸을 날렸다.

"꺄악!"

뭣도 모르는 상황에서 자신을 향해 장청기가 몸을 날리자 소소는 다급히 화가영을 감싸 안으면서 몸을 움츠렸다.

달려든 장청기의 검이 암기를 쳐낼 때였다.

"큭!"

그가 한쪽 무릎을 꿇었다.

예상대로 뒤쪽에서 암기가 날아든 것이다. 급히 허리를 젖히면서 암기들을 쳐내기는 했으나 두 개의 암기가 어깨와 허벅지에 틀어박혀 버렸다.

바로 자리에서 일어나면서 몸을 돌리기는 했지만 장청기의 검끝이 흔들렸다.

'일급살수다.'

이들의 정체가 잘 훈련된 일급살수라는 것을 알았다. 그런 자들이 무려 열댓 명가량이 이곳에 있다. 이들은 수많은 훈련 덕분인지 절묘하게 손이 맞는다.

계속해서 합공이 펼쳐질 것이고, 장청기는 함부로 움직일 수 없는 입장이다.

분명 공격을 하기 위해 다가가면 다른 자들이 뒤쪽에 있는 여인들에게 암기를 뿌릴 것이 자명하다.

그렇다고 뒤에서 막고만 있으면 결국은 패할 수밖에 없지 않은가.

실수였다.

북경상단의 근방에서 이 같은 일급살수들에게 공격을 받게 될 줄은 생각도 하지 못했다.

몇 년 전 근방에서 북경상단을 견제하는 자들이 나타나면서부터 장청기는 화가영을 지키기 위해 특별히 고용된 무인이었다.

예전부터 인연이 있었기에 장청기는 북경상단에 머물면서 화가영을 지켰다.

그런데 오늘…….

쉬익! 쉬이익!

타앙!

생각할 시간은 길지 않았다. 난처해하고 있는 순간 이미 암기가 사방에서 날아든다. 쳐내기는 했지만… 그는 입술을 깨물었다.

'망할!'

부상을 입은 부위가 좋지 못하다. 그나마 어깨는 그렇다고 쳐도 허벅지에 틀어박힌 암기는 계속해서 움직임을 방해하고 있었다.

살수들은 거리를 벌린 채로 연신 암기만 쏘아대기 시작했다.

바쁘게 검을 휘두르던 장청기가 버럭 소리를 질렀다.

"이 여우 같은 놈들!"

놈들은 교묘했다.

결코 거리를 좁히지 않고 간격 밖에서 장청기를 움직이지 못하게 할 뿐이었다.

일부러 빈틈을 보여도 파고들지 않는다. 그들은 결코 먼저 다가오지 않을 것이다.

'내가 지쳐서 쓰러지실 기다리는군.'

가능성이 있는 이야기다.

장청기 정도 되는 고수가 한 명만 더 있었다면 어떻게든 승부가 나겠지만 뒤에 있는 두 여인은 무공과는 거리가 멀다.

혼자서 답을 내려야 하는 상황이라는 소리인데 움직일 수가 없는 처지다.

거기다가 상대들의 실력 또한 장청기에 비해 한 수 아래 정도라서 장법이나 지법으로 공격한다 해서 모두 쓰러뜨린다는 것도 불가능해 보였다.

그리고 계속해서 머리에서 지워지지 않는 사내.

'그자까지 개입하면 필패가 분명한데……'

아직까지 자신을 향해 냉소적인 미소를 짓던 사내의 모습이 지워지지 않는다. 만약 그 사내의 그 냉소적인 웃음에 정신을 차리지 못했다면 주변에 나타난 살수들의 기척도 놓쳤을지도 모른다.

그 많은 사람들 틈에서 암습이 펼쳐졌다면?

화가영을 지켜냈을 거라 자신할 수가 없다.

그 생각이 미치는 순간 장청기는 뭔가 이상하다는 것을 알아차렸다.

'어……?

그 사내 왜 자신을 보고 웃었을까?

굳이 그처럼 웃어야 할 이유가 없었다.

살수라면 그 정도 감정쯤은 충분히 감췄어야 한다. 그 웃음 덕분에 뭔가 수상함을 느끼고 주변의 기척들을 알아차리지 않았는가.

갑작스럽게 든 의문에 고개를 갸웃할 틈도 없이 다시 한 번 암기가 쏟아졌다.

쏟아지는 빛줄기들이 한곳을 향해 날아든다.

뒤에서 고개를 숙이고 있는 두 여인은 볼 수 없겠지만 장청기의 두 눈에는 똑똑히 보였다. 자신을 집어삼킬 듯이 날아드는 암기를 향해 장청기는 오히려 웃음을 터뜨렸다.

"하하! 좋다, 이놈들 누가 이기나 한번 해보자!"

그의 검에서 강렬한 흰 빛이 쏘아짐과 동시에 날아드는 암기들이 사방으로 튕겨져 나갔다.

타타타탕!

"꺅!"

자신의 바로 앞에 틀어박힌 암기 탓에 놀란 소소가 소리를 지르면서 더욱 몸을 움츠렸다.

우두머리로 보였던 사내가 검을 들고 서 있는 장청기를 향해 말했다.

"제법 버티는군. 하지만 우리도 더는 시간을 끌 수는 없어서 말이야. 이만 보내주지."

"살수라는 놈이 뭐 이리 말이 많아?"

"후후!"

장청기의 조롱에 가볍게 코웃음 친 사내는 품속에서 동그란 물건 하나를 꺼내 들었다.

어른 주먹만 해 보이는 구체에는 셀 수도 없이 많은 구멍이 뚫려 있었다. 그것을 보는 순간 장청기의 얼굴에서 웃음이 걷했다.

"만뢰침(萬雷針)이라고 들어봤나? 순식간에 만 개의 침이 몸을 뒤덮지. 어때? 짜릿하겠지?"

"이런 미친놈이……."

장청기의 목소리에서 불안함이 묻어 나왔다.

만뢰침은 유명한 암기다.

하지만 그것은 제작하기가 극히 어려운 까닭에 웬만해서는 구경조차 할 수 없다. 그러한 물건이 지금 장청기의 눈앞에 나타난 것이다.

그는 검을 강하게 움켜잡으면서 소소에게 전음을 날렸다.

"내가 뒤에 있는 벽을 향해 날려줄 테니 북경상단까지 도망쳐라. 뒤도 돌아보지 말고 달려야 한다."

귓가에서 갑자기 들려오는 음성에 소소가 놀라 고개를 들었다. 하지만 그의 입술이 움직이지 않는데도 불구하고 목소리가 들려온다.

그녀 또한 무림에 대해서 많이 들어온 터라 이것이 전음이라는 것을 알아차렸다. 그리고 지금 장청기의 상황이 좋지 않다는 것도.

소소가 고개를 끄덕이는 것을 확인한 장청기가 막 검을 움직이려고 할 때.

"아아, 지겨워. 도저히 못 봐주겠군."

사내의 목소리와 함께 살수들보다 더욱 뒤편에서 누군가

가 골목 안쪽 깊숙이까지 걸어서 들어오고 있었다. 그 사내를 보는 순간 장청기는 한숨을 내쉬었다.

'최악이군.'

일어나지 않기를 빌었거늘 결국 사단이 벌어졌다. 자신을 보면서 웃음을 날리던 그 사내가 이곳에 나타난 것이다. 이제는 둘이 도망칠 시간을 벌 수 있을지도 의문이 든다.

그런데,

"네놈은 누구냐?"

자신이 묻고 싶은 것을 상대방 살수가 묻는 것을 보고 장청기는 뭔가 상황이 묘하게 돌아간다는 걸 눈치 챘다.

그리고 화가영과는 달리 고개를 들고 있던 소소가 다급히 그녀를 흔들었다.

"아, 아가씨! 누군가가 왔어요!"

"뭐? 아버지가 사람을 보낸 거야?"

소소의 말에 반갑게 고개를 들어 올린 화가영은 멀리에 서 있는 한 사내를 발견했다. 너무나 젊은 사내였다. 거기다가 단 한 명.

화가영의 표정이 다시 파랗게 질렸다.

이런 상황이라면 바뀔 것 하나 없지 않은가?

갑작스럽게 나타난 사내가 더욱 안쪽을 향해 발을 옮기자 살수들의 우두머리가 살기를 풀풀 날리는 목소리로 경고했다.

"더 다가오면 죽인다. 지금 물러선다면 조용히 살려 보내 줄 테니 당장 물러나라."

그 말에 사내가 아까 전 장청기가 보았던 냉소적인 미소를 지으면서 대꾸했다.

"살려준다고? 큭큭! 농담이 심하군."

"…눈치 하난 빠른 놈이군."

보다 뛰어난 살수일수록 흔적도, 증인도 남기지 않는 법이다.

애초부터 살려줄 생각 따윈 없었다. 다만 허리에 검을 차고 있는 것이 무인 같아 보였기에 몸을 돌렸을 때 기습해서 바로 끝낼 생각이었다.

혹여나 있을지 모르는 만약의 일을 대비하기 위해서였다.

눈치 챘다는 걸 알아차렸지만 문제될 것은 없다. 전혀 본 적이 없는 사내다. 저 정도라면 문제될 것이 없다.

사내가 검을 뽑아 들어 어깨에 걸치면서 앞에 서 있는 장청기에게 투덜거리듯이 말했다.

"그리 눈치를 줘도 뭐가 그리 늦는 거요? 그러니까 이런 꼴을 당하는 것 아니오."

"당신……."

적이라고 생각했는데 아니었다. 그리고 방금 전에 들었던 의문도 깨끗하게 풀렸다. 왜 굳이 자신을 바라보면서 그 같은 미소를 지었는지.

그 시선 덕분에 불안함을 느끼고 주변에 있는 수상한 기운을 알아차렸다. 애초부터 적이 아니라 그런 그들의 움직임을 말해주려고 했던 것이다.

"죽여."

차가운 목소리의 명령이 떨어지자 기다렸다는 듯이 두 명의 살수가 동시에 사내를 향해 날아들었다.

사내를 바라보고 있던 화가영과 소소가 급하게 고개를 숙였다. 자신을 향해 날아드는 살수들을 보며 사내가 짧게 혀를 찼다.

"참내."

동시에 그의 몸이 둘 사이를 스치고 지나갔다.

스치고 지나가는 것과 동시에 괴한 둘의 몸이 그대로 앞으로 꼬꾸라졌다.

사내는 피 묻은 검을 털어내면서 시선을 돌려 괴한들의 우두머리를 바라봤다.

사내가 비웃듯이 말했다.

"아직도 죽일 자신 있냐?"

第三章

조건(條件)

설무린은 지붕 위에 선 채로 자신을 내려다보는 상대를 응시했다. 태연한 척하고는 있지만 상대방의 얼굴에서 내심 놀란 표정이 스치듯이 지나갔다.

살수.

잘 훈련된 살수가 미묘하기는 하지만 감정을 내비쳤다는 것은 그만큼 놀랐다는 소리다.

아까 진 곡에딘의 묘기를 북널과 힘께 구정하딘 그는 수상한 움직임을 눈치 챘다. 처음에는 자신들을 노리는 것인가 하고 경계했지만 그들의 움직임은 자신이 아닌 다른 곳을 향하고 있었다.

반대편에 서 있는 두 명의 여인과 무인 하나. 한눈에 봐도 구경꾼들 중에서 살수들이 노릴 만한 자들은 그들밖에 없어 보였다.

그리고 예상대로 수상한 자들은 바로 이 셋을 뒤쫓았다.

뒤를 쫓아오기는 했지만 굳이 개입하지 않고 설무린은 몸을 감춘 채 싸움을 구경했다. 하지만 보고 있자니 슬슬 마음에 들지 않았다.

정당하게 싸우는 것도 아니고 뒤쪽에 있는 여인들을 노린다.

그래서 앞에 있는 사내의 발을 계속해서 묶으면서 마치 자신이 잘났다는 듯 떠들어대는 꼴이라니……

배알이 뒤틀려 더는 참지 못하고 설무린은 모습을 드러낸 것이다.

괴한의 우두머리는 설무린과 장청기를 번갈아가면서 바라봤다.

'귀찮은 놈이 나타났군.'

자신의 수하 둘을 단숨에 베고 지나갔는데도 검의 움직임 하나 제대로 쫓지 못했다. 믿기 어렵지만 절정의 경지에 들어선 고수일 확률이 높다.

손에 들린 만뢰침은 하나.

둘 중 한 곳을 노려 이것을 던져야 한다.

순간 고민이 일었지만 그는 빠르게 답을 내렸다.

살수에게 가장 우선되는 것은 바로 임무다. 임무를 위해 이 만뢰침은 사용될 것이다. 문제는 다른 자들이라면 몰라도 화가영만은 살려야 한다는 거다.

반병신이 되어도 상관은 없다.

그저 목숨만 붙어 있으면 된다.

설무린을 한 번 바라본 우두머리는 손을 아래로 늘어뜨렸다. 투지를 감춘 그의 눈초리가 미묘하게 올라갔다.

‘저놈이 돕기 전에 끝낸다.’

먼저 일성검 장청기를 죽인다. 그리고 다른 자들이 나타난 사내를 막는 동안 자신이 화가영을 데리고 도망치면 된다.

계획을 모두 그린 그가 손을 움직이려고 할 때였다.

“북설!”

설무린의 외침과 함께 빈 허공에서 갑작스럽게 북설이 모습을 드러냈다. 그녀가 나타난 곳은 바로 우두머리 괴한의 코 앞이었다.

북설의 검이 호선을 그리면서 떨어졌다.

차아악!

“크악!”

만뢰침을 들고 있던 손목이 그대로 잘려져 떨어졌다. 북설의 몸 또한 빠르게 낙하하면서 떨어지는 만뢰침을 손으로 잡아냈다.

그녀의 민첩한 대응 덕분에 만뢰침은 폭발하지 않았다.

만뢰침을 잡아낸 북설을 향해 사방에서 암기가 쏘아졌다. 근처에 있던 장청기는 막 땅에 내려선 그녀에게 날아드는 암기를 눈치 채고 소리쳤다.

"위험해!"

파라라락!

북설의 몸이 빙글빙글 돌았다. 더불어 손에 들린 검 또한 사방으로 흔들렸다. 그 어떠한 암기도 그녀의 몸에 상처를 낼 수 없었다.

옷깃이 사방으로 휘날렸고, 검은 바람에 흔들리는 꽃잎과도 같았다.

타앙!

빙글빙글 돌면서 마지막 암기까지 검으로 받아낸 북설의 몸은 어느새 장청기의 앞에 와서 막아선 상태였다. 그녀는 검을 치켜든 채로 앞을 응시하고 있었다.

뒤쪽에 있던 장청기는 놀라 할 말을 잃어버렸다.

눈치 챌 틈도 없이 나타나 우두머리 사내의 팔목을 잘라 버린 것도 그는 알아차리지 못했다.

그런데 지금 이 넋을 잃을 정도로 아름다운 움직임은 대체 무엇이란 말인가.

'나비……?'

그래, 나비!

나비의 날갯짓을 연상케 하는 아름다움이 그녀의 검에서

느껴졌다.

일성검이라는 별호를 지니면서 무림에서 지내온 그다.

절정의 경지에는 들어서지 못했다지만 그 또한 나름 알아주는 무인 중 하나였다. 그런 장청기가 눈앞에 있는 젊은 여인의 무위에 반해 버리고야만 것이다.

“크으으! 이 찢어 죽일 계집이!”

사내는 뼈까지 잘려 나가면서 아예 한쪽 팔을 쓸 수가 없게 되어버렸다. 피가 쉴 새 없이 흘러나왔고, 얼굴은 분노로 인해 시뻘겋게 변했다.

“네년을 당장…….”

“이봐, 어딜 보는 거냐?”

차가운 한기가 갑자기 불어닥치며 주변의 모든 것들을 압도해 들어갔다.

너무나 생소한 기운에 그는 고통도 잊고 급히 뒤를 돌아봤다. 검을 들고 있는 설무린의 몸에서 여태까지 느껴보지 못한 기운이 쏟아져 나왔다.

자신도 모르게 그는 뒤로 주춤 한 걸음 물러서고야 말았다.

죽음과 가깝다는 살수가 공포라는 감정을 느끼고야 만 것이다.

차갑게 바라보는 설무린의 눈동자와 마주치는 순간 살수들은 절로 치를 떨었다.

미칠 듯이 깊은 눈동자.

설무린의 검이 잘린 팔목을 움켜쥔 채로 서 있는 사내를 가리켰다.

"……?"

"다른 사람은 몰라도 넌 죽는다, 반드시."

소름이 돋았다.

가볍게 내뱉은 그 한마디에 두려움이 치고 올라왔다. 순간 설무린의 몸이 사라졌다.

갑작스럽게 나타난 그가 검을 뿌렸다.

파악!

엄청난 쾌검!

사내는 다급히 뒤로 물러서면서 그 공격을 피해냈다. 그런데 피했다고 생각한 순간 무엇인가가 가슴을 관통하고 지나갔다. 그는 손을 내려 자신의 가슴에 가져다 댔다.

끈적끈적한 기분 나쁜 느낌이 손바닥을 적셨다.

가슴에 어른의 검지손가락만 한 구멍이 나버린 것이다. 그리고 상처에서는 지독한 한기가 느껴졌다. 흐르는 피마저 얼어버릴 것만 같은 한기.

생각나는 것은 한 가지밖에 없다.

털썩.

그는 무릎을 꿇었다.

몸을 지탱하기 어려운 상태에서 사내는 나지막이 입을 열었다.

"서, 설마 이것은 북……."

말을 끝마치지 못하고 살수들의 우두머리는 숨이 끊어져버렸다.

그가 상대하기에 설무린은 너무나 버거운 상대였다.

우두머리가 죽었음에도 불구하고 열 명가량 남은 살수들은 움직이지 않았다. 도망도 치지 않았고, 섣불리 덤벼들지도 않았다.

우두머리를 벤 설무린이 말했다.

"나머지는 사라져. 굳이 이곳을 피바다로 만들 생각은 없으니까."

"……."

살수들은 잠시 서로의 눈을 바라봤다. 입을 열지는 않았지만 무엇인가 대화를 하는 눈치다. 잠시 시간을 끌었지만 그들은 이내 빠르게 판단을 내렸다.

사방에 있던 살수들이 하나씩 모습을 감추었다.

쫓을 수 있지만 말한 대로 설무린은 굳이 그들을 뒤쫓지 않았다.

이유가 없기 때문이다.

설무린은 살수들이 모두 사라지자 힐끔 뒤쪽에 있는 셋을 바라봤다.

목숨을 노리던 자들이 사라지자 북설은 이미 그들에게서 떨어져 설무린의 옆에 와서 선 상태다.

장청기가 설무린과 북설을 향해 포권을 취했다.

"누구신지 모르겠지만 은혜에 감사드리오."

"아아, 그리 고마워할 필요는 없습니다. 처음에는 도울 생각도 없었으니까."

설무린의 시큰둥한 대답에 간신히 정신을 추스른 화가영이 슬쩍 흘겨보았다.

처음 모습을 드러냈을 때도 젊어 보인다고 생각했는데 이렇게 안정을 찾은 후에 보니 더더욱 그러했다.

'뭐야? 어리잖아?'

이처럼 어린 사내가 자신들을 죽이러 왔던 살수들을 모두 쫓아냈다는 것은 쉽사리 믿기 어려웠다. 그렇지만 자신의 눈으로 본 일인데 믿지 않을 수도 없는 노릇이다.

소소는 암기로 인해 부상을 입은 장청기를 바라보면서 눈물을 글썽였다.

"장씨 아저씨, 어째요……."

"하하, 까닥하면 목숨을 잃을 뻔한 상황이었는데 이 정도로 끝난 것만 해도 다행이지 않느냐."

말을 마친 장청기는 이빨을 꼭 깨물고 틀어박힌 암기를 뽑아냈다. 그리고 스스로의 혈도를 점혈해서 피가 흐르는 것을 멈추게 했다.

그 모습에 소소가 혀를 차면서 투정 부리듯 말했다.

"핏, 아저씨 만날 강하다고 하더니 거짓말 아니에요? 그런데 장씨 아저씨 이름이 장청기였어요?"

"그래. 그리고 내가 약한 게 아니다, 녀석아."

말을 마친 장청기가 설무린과 북설을 바라봤다.

'저 둘이 지독하게 강한 거지.'

무림에 몸을 담은 장청기도 저 정도의 고수를 만나보는 것은 흔치 않은 일이었다.

정확하게 어느 정도인지는 모르겠으나 일류의 살수를 그토록 쉽사리 상대한 것으로 보아 절정의 경지에 들어선 무인인 것이 분명하다.

서른이 되기도 전에 절정의 경지에 들어선 자들이 종종 생겨난다고는 하지만 직접 눈으로 보기는 또 처음이다.

설무린은 대충 마무리가 됐다고 생각하는지 매몰차게 몸을 돌렸다.

"놈들이 또 나타나기 전에 빨리들 가는 게 좋을 거요."

"저기요!"

그냥 사라지려던 설무린은 자신을 부르는 화가영의 목소리에 멈칫하면서 고개를 돌렸다.

"저희를 도와주셨는데 보답은 해야죠. 이름이 뭐예요?"

"됐으니까 빨리 서둘러 갈 길이나 가라고. 잘못했다가는 그놈들이 돌아올지도 모르니까."

"아뇨. 저희만 도움을 받을 수는 없으니까요. 이름이나 말해요."

"아가씨, 그렇게 캐물으시는 건 예의가 아닙니다."

그냥 떠나려는 사람을 억지로 잡아서 이름을 물어보는 것 같아 장청기는 급히 화가영을 만류했다.

무림인 중에서 자신의 정체를 떳떳하게 밝히기 어려운 자들이 종종 있다는 걸 알지 못하는 그녀로서는 장청기의 행동을 이해하지 못했다.

그때.

"설무린, 추형표국의 삼급표사. 뭐, 이 일도 곧 끝나겠지만."

"설무린? 성이 특이하네. 설씨인 사람은 처음 보네요. 그런데 삼급표사라고요? 삼급표사가 원래 그리 강한가?"

정체를 감추는 신비한 무인이라고 생각했는데 이름을 밝혀 한 번 놀랐고, 삼급표사라는 말에 다시 한 번 놀랐다.

이 정도 무인이 고작 삼급표사라니, 그게 말이나 될 성싶은가.

분명 어떠한 이유가 있어서 추형표국에 몸을 담았을 거라 장청기는 짐작했다.

"어쨌든 일이 있어서 이만."

말을 마친 설무린과 북설이 골목에서 갑작스럽게 몸을 감췄다.

보답하겠다던 화가영은 둘이 갑자기 사라지자 내심 당황한 눈치였다.

그러더니 이내 쌍심지를 돋우면서 투덜댔다.

"쳇, 바쁜 척하기는."

장청기는 골목 바깥쪽을 바라봤다.

'추형표국의 삼급표사…… 설무린이라.'

실제로 추형표국의 삼급표사일지는 모르겠지만 결코 그자
는 삼류의 인물이 아니었다.

다시 기습이 있을 거라고 생각하지는 않았지만 혹시나 모
를 일에 세 명은 황급히 북경상단으로 돌아왔다.

내심 긴장하기는 했지만 염려하던 일은 다행스럽게도 벌
어지지 않았다.

그들이 북경상단으로 돌아가자 내부에서는 소란이 일었
다.

비록 화가영은 멀쩡했지만 함께 나갔던 장청기가 피투성
이가 되어 돌아왔다.

급히 북경상단 내부에서 손을 썼기에 그 모습을 본 사람은
거의 없었지만 까딱했다가는 시끄러운 일이 될 뻔했다.

그리고 그 소식을 들은 북경상단의 상단주인 화천극(華天
極)은 다급하게 화가영과 장청기를 자신의 거처로 불러들였
다. 그 때문에 간단히 상처의 치료를 마친 장청기는 그 부름
에 따라 상단주의 거처로 가야만 했다.

가주의 거처에 도착하자 그곳에는 이미 화가영이 와 있었

다. 그리고 낯익은 인물 하나도 자리한 상태였다.

"오랜만입니다."

"이런…… 먼 여정을 떠나셨다더니 돌아오셨나 봅니다."

조자부가 빙긋 웃으며 고개를 끄덕였다. 실제로 장청기가 이곳 북경상단에서 생활하게 된 것이 바로 이 조자부의 설득 때문이었다.

"부상을 입었다던데 괜찮은가?"

"상단주께서 걱정하실 정도는 아닙니다. 제 명을 제대로 수행하지 못하고 아가씨께 상처를 입힐 뻔한 것에 대해 사죄 드립니다."

"아니네. 그자들이 자네의 정체를 알고도 살수를 보냈다면 분명 그만큼 강한 자들을 보냈다는 소리가 아닌가. 이처럼 아 무런 문제도 없으니 괜찮네."

화천극은 속이 깊은 사내다.

장청기가 마음으로 이 사내에 대해 승복하고 있는 것은 바 로 그 때문이었다. 결코 수하라고 함부로 대하지 않으며, 마 음가짐도 올곧다.

상인이 아니라 무인이 되었다고 해도 성공했을 거라 말할 수 있을 정도로 그는 부지런하면서 재능있는 인물이었다.

"이 친구 왔으면 자리에 앉지 거기 서서 뭐 하는가?"

"하하, 마침 다리가 아파서 앉으면 안 되냐고 여쭈려고 했 는데 잘됐군요."

가벼운 농담과 함께 장청기는 자리에 앉았다.

그가 자리에 앉자 가볍게 찻잔을 만지작거리던 화천극이 낮게 깔린 목소리로 말했다.

"경비를 더욱 강화해야 할 것 같아. 조자부 저 친구와 내 딸이 거의 동시에 목숨의 위협을 받은 건 결코 우연이 아닌 것 같아서 말이야."

"조 대인도 기습을 받았단 말입니까?"

장청기가 묻자 조자부는 아무렇지 않게 희미한 미소를 지었다.

굳이 대답하지는 않았지만 그것이 바로 무언의 긍정이 아니면 무엇이겠는가.

"어디 다치신 곳은 없습니까?"

"무리 중에 대단한 친구가 있어서 멀쩡합니다. 솔직히 말해 무슨 대가를 치르더라도 북경상단에 묶어놓고 싶은 친구지요. 그렇지만 뭔가 깊은 사연이 있는 사내라… 아쉽지만 포기해야 할 것 같습니다."

"조 대인이 그리 말할 정도라면 정말로 대단한 자인가 보군요. 그자의 정체가 뭡니까? 그 정도라면 무림에서 알려진 자일 것 같은데요."

"하하. 딱히 말씀드릴 정체랄 것도 없군요. 저희 물건을 옮겨준 추형표국의 삼급표사니까요."

"추형표국이라면…… 어?"

추형표국이라는 말에 아무런 말도 없이 차만 마시던 화가
영의 표정이 확 하니 변하면서 무엇인가를 생각해 냈다.

그것은 방금 전에 자신들을 구해주었던 사내와 여인 때문
이다.

그 사내가 말했었다, 자신은 추형표국의 삼급표사라고.

화가영의 이상한 행동에 화천극이 두 눈을 동그랗게 떴다.
원래 이런 이야기에 원체 끼는 것을 좋아하지 않는 딸이다.
그랬던 화가영이 자신들의 대화에 뭔가 놀란 눈치다.

그리고 그건 장청기 또한 마찬가지였다.

"아가씨, 왜……."

"지금 조 대인께서 하신 말을 방금 전에 들었기 때문이지
요."

"음?"

장청기의 말에 조자부는 그게 무슨 뜻이냐는 표정으로 그
를 바라봤다.

"아저씨, 그 사람 분명 자기 입으로 추형표국에 있는 삼급
표사라고 했잖아요?"

"그랬지요."

"그 사람이라니? 무슨 소리들 하는 건지 모르겠군."

뭔가 묘한 표정을 지으며 화천극이 끼어들었다. 그러자 다
소 흥분한 어조로 화가영이 소리쳤다.

"장씨 아저씨가 오기 전에 말씀드렸잖아요, 아버지! 위험

할 때 도와준 두 명이 있다고."

"아, 그랬지. 사내 하나랑 여인 하나가 도움을 줘서…… 혹시 그 사람들이 추형표국의 표사라고 하더냐?"

화가영이 고개를 끄덕였다.

갑자기 사라지기는 했지만 추형표국의 표사라고 말했던 것은 확실하게 기억한다.

사내 하나랑 여인이라고 할 때 이미 뭔가를 알아차린 조자부였지만 혹시나 하는 마음에 그가 화가영을 바라봤다. 그때 그녀가 두 손바닥을 마주치며 말했다.

"맞아! 이름이 설무린이라고 했어요."

이름을 듣는 순간 조자부는 역시 자신의 생각이 틀리지 않았음을 알았다. 그가 자기도 모르게 피식 웃자 다른 사람 모두가 조자부를 바라봤다.

조자부는 웃음을 거두면서 말했다.

"제가 말한 사람이 바로 그 친구입니다. 제 생명의 은인이기도 한 삼급표사가 바로 설무린이지요."

"하하하! 그것참 기이한 인연이로군!"

화천극이 어처구니가 없다는 듯이 웃음을 터뜨렸다.

설무린이라니, 생전 처음 들어보는 이름이다. 온 세상을 상대로 장사를 한다는 북경상단의 상단주인 그는 수많은 사람들의 이름을 안다.

그런 화천극조차 생소한 이름이지만 그의 뇌리에 아주 단단하게 틀어박혔다.

여기 있는 자들 말대로라면 설무린이라는 사내는 조자부를 살렸고, 또 자신의 딸인 화가영을 지켜줬다. 그것은 곧 북경상단 전체를 지켰다고 해도 과언이 아닌 일이다.

"한 번 만나보고 싶군."

"글쎄요."

조자부가 미소를 지으며 애매하게 말을 끊었다. 그런 그의 두루뭉술한 태도에 화천극이 스리슬쩍 흘겨보자 조자부는 고개를 흔들면서 말했다.

"이상한 친구라서 상단주께서 만나려고 한다고 만날 것 같지는 않습니다. 그리고 상상 이상으로 거물이라 함부로 대해서도 안 되고 말이지요."

"상상외의 거물이라… 뭔가 아는 모양인데 말해줄 생각은 없어 보이고. 후후! 그러니 더 만나보고 싶군 그래."

"아, 말 나온 김에 저는 그 설무린이라는 자와 약속이 있어 먼저 가보겠습니다."

"그러게. 먼 여정을 다녀왔으니 좀 쉬도록 하고."

"그렇게 하도록 하지요."

조자부가 밖으로 나가자 가만히 앉아 있던 화가영이 자리에서 벌떡 일어났다.

그녀가 갑자기 자리에서 일어나자 놀란 눈으로 화천극이 자신의 딸을 바라봤다.

"아버지, 저도 이만 자러 갈게요!"

말을 마친 그녀가 뭔가 급한 듯이 화다닥 자리에서 빠져나갔다.

화가영의 행동에 고개를 저은 화천극이 장청기를 바라봤다. 그는 아무런 말도 없이 자리에서 일어났다.

말을 하지는 않았지만 화천극이 무슨 말을 하고자 했는지 알기 때문이다.

장청기까지 방에서 나가자 화천극과 찻잔만이 덩그러니 방을 지켰다.

그가 이미 식어버린 찻잔을 바라봤다.

"쯧! 내가 딸을 잘못 키웠지. 아비까지 속이면서 이런 밤에 사내를 만나러 간다고 뛰쳐나가다니."

말은 그리했지만 그것은 그저 딸을 가진 아버지의 푸념 정도였다.

애초부터 자신의 딸이 방을 나서려고 벌떡 일어나서 달려나갈 때부터 설무린이라는 자를 만나러 간다는 것을 알았다.

너무나 티가 났기에 모르려고 해도 모를 수 없을 정도였다. 하물며 타고난 장사꾼인 화천극의 눈을 속일 수는 없는 노릇이다.

그가 식어버린 차에 입을 가져다 대면서 중얼거렸다.

"조자부 그 친구를 매혹시킨 사내라…… 궁금하기는 하군."

문을 박차고 나간 화가영은 화천극의 예상대로 급히 조자부를 따라잡았다. 그는 뒤쪽에서 급하게 달려오는 그녀를 발견하고는 발걸음을 멈췄다.

"헉헉, 아저씨, 같이 가요."

"어딜 말입니까?"

"지금 그 사람 만나러 간다면서요. 헉헉."

조자부를 따라잡기 위해 달려와서 그런지 그녀의 호흡이 상당히 거칠어져 있었다.

호흡을 가다듬는 화가영을 바라보던 조자부는 이내 그 뒤에서 다가오는 장청기를 확인했다.

잠시 둘을 번갈아 바라보던 조자부가 장난스럽게 말했다.

"혹시 아가씨, 그 친구한테 관심이라도……."

"무슨 말도 안 되는 소리예요!"

그녀가 단숨에 말을 잘라 버렸다.

버럭 고함을 지르고 나서 조자부가 계속해서 자신을 바라보자 화가영은 머뭇거리다가 입을 열었다.

"고맙다는 말도 못해서요. 보답을 하겠다는데 그냥 사라져 버리더라고요. 괜히 보답을 하겠느니 어쩌느니 하다가 정작 중요한 말을 못해서 아까부터 마음에 걸렸거든요."

'역시 상단주님의 딸인가?'

조자부는 놀란 눈빛으로 화가영을 바라봤다. 언제까지고 철부지 어린아이일 줄 알았던 그녀였거늘 이제는 제법 어른 티가 나지 않는가.

금세 옆에 따라붙은 장청기도 의외라는 듯한 시선이었다.

둘의 시선이 자신에게로 향하자 화가영이 부끄러웠는지 재촉하듯이 말했다.

"가만히 서서 뭐 해요? 빨리 가자고요, 아저씨."

"뭐, 그렇게 하지요."

조자부가 웃음을 애써 감추며 몸을 돌려 다시금 걷기 시작했다.

하늘에 달린 휘영청 밝은 달이 세상을 향해 은은한 빛을 뿜어댔다.

슬슬 사람들이 잠자리에 들 시간이지만 설무린의 거처에는 역시나 불이 꺼져 있지 않았다.

이미 사전에 그가 머무는 곳을 알고 있었기에 조자부는 곧바로 이곳으로 찾아올 수 있었다.

막 문 앞에 다가서 안쪽에 기별을 넣으려는 순간,

"오셨군요. 잠시만 기다리세요, 제가 나갈 테니까."

안에서 설무린의 목소리가 들려왔다. 그리고는 잠시 후 문이 열리며 그가 모습을 드러냈다.

밖으로 나온 설무린은 조자부에게 시선을 돌리다가 옆에 서 있는 사람들을 보고는 놀란 표정을 지어 보였다. 아까 오후에 보았던 그들이 이곳에 있었기 때문이다.

"어? 당신들, 북경상단의 사람들이었군."

"이리 다시 만나게 될 줄은 몰랐소."

"뭐, 그건 나도 마찬가지요."

별생각 없이 도왔던 자들이 북경상단의 인물들이었던 모양이다.

조자부는 둘을 설무린에게 소개시켰다.

"상단주님의 하나뿐인 외동따님이신 화가영 아가씨네. 그리고 이분은 일성검 장청기라는 무인이시지."

"호오."

무남독녀(無男獨女) 외동딸이라는 말에 설무린은 화가영을 다시 한 번 바라봤다.

이곳에 오는 길에 들은 적이 있다, 북경상단의 상단주인 화천극은 슬하에 딸이 하나뿐이라고.

조자부가 방 안쪽을 슬쩍 살펴보면서 물었다.

"북 소저는 안에 안 계시는가?"

"북설."

설무린이 이름을 부르기가 무섭게 그녀가 모습을 드러냈다. 익숙하지 않은지 화가영은 유령처럼 모습을 드러낸 북설 때문에 살짝 놀랐다.

그리고 무인인 장청기는 조금 다른 의미로 놀랐다.

'아까도 그렇지만 이곳에 있는 것을 알아차리지도 못했어. 대단한 은신술이로군.'

이런 자들이 무림에 알려지지 않은 것이 더욱 이상하다. 두 사람 정도의 실력이라면 무림에 있는 후기지수 중 그 누구도 따라오지 못할 경지일 터인데…….

"할 이야기가 있다고 하더니 무엇인가?"

"이곳에서 할 이야기는 아닌 듯싶고 저쪽으로 가시지요."

설무린은 돌계단을 내려서더니 먼저 앞장서서 걸었다. 그리고 얼마 걷지 않아 잠시 발걸음을 멈추더니 조자부를 돌아봤다.

"둘이서 이야기 좀 하죠."

"그럼세."

화가영과 장청기는 발을 멈추어야 했고 조자부는 설무린에게 다가갔다. 그리고 북설 또한 다른 둘과 함께 그곳에 선 채로 적당한 거리를 유지했다.

조자부와 함께 근방을 걷던 설무린이 마침내 입을 열었다.

"당신에게 부탁할 게 있습니다."

"거참, 거두절미하군. 하기야 그것이 자네라는 사내의 매력이지. 말해보게. 내가 할 수 있는 일이라면 그 무엇을 들어주지 못하겠는가?"

"저에 대한 소문을 내줬으면 합니다."

"자네에 대해서?"

생각지도 못한 부탁이었기에 조자부가 반문했다. 그러자 설무린이 고개를 끄덕이면서 말을 이었다.

"'북해빙궁의 소궁주가 신부가 될 여인을 찾기 위해 중원에 나타났다'. 이거면 됩니다. 북경상단과 조 대인의 힘이라면 이 정도 소문을 퍼뜨리는 것은 일도 아닐 텐데요."

"어려운 일은 아니네만…… 그로 인해 자네가 뭘 얻으려는지 모르겠군."

분명 그 정도의 소문을 내는 것은 어렵지 않다.

솔직히 말해 북해빙궁의 소궁주가 무림에 나타났다는 소문을 내는 거라면 설무린 본인이 해도 그리 오래 걸리지 않을 게다.

몇 번 무공을 보여주면서 무림을 돌아다니면 되는 일이니까 말이다.

하지만 중요한 것은 그게 아니다.

'신부를 구하기 위해라…….'

그게 문제다.

굳이 이유를 말하는 것을 보아 뭔가 숨겨진 사연이 있는 것이 분명하다.

궁금하기는 했지만 묻지는 않았다. 그것에 대해서 결코 설무린이 입을 열지 않을 거라는 걸 알아서다.

"이것저것 궁금하기는 하지만 묻지는 않겠네. 묻는다고 말해주지도 않을 테고. 일전에 왜 그리 쉽게 정체를 밝히나 했더니 애초부터 이런 꿍꿍이였군. 난 꼼짝없이 당한 건가? 고약한 친구로군. 하하!"

조자부가 유쾌하게 웃었다.

멀리서 둘의 모습을 바라보던 화가영이 북설을 바라보면서 말했다.

"무슨 재미있는 이야기가 있기에 저리 웃는지 모르겠네요."

"아."

처음엔 자신한테 하는 말인지 몰랐는지 멀리를 바라보던 북설이 시선을 돌려 그녀를 바라봤다. 눈이 마주치자 화가영이 기다렸다는 듯이 말했다.

"언니도 무인이죠?"

검을 휘두르는 것을 봤으면서도 그녀가 물었다. 그러자 북설이 고개를 끄덕였다.

"솔직히 이해가 안 되네."

"…뭐가요?"

이해가 안 된다는 말에 북설이 처음으로 입을 열었다. 북설의 목소리가 너무나 듣기 좋았기에 화가영이 두 눈을 동그랗게 떴다.

아무런 말도 하지 않기에 혹시나 벙어리가 아닌가 고민하던 차였나.

"얼굴만이 아니라 목소리도 예쁘네요? 그러니까 더더욱 이해가 안 되네. 저는 무공을 익히지는 않았지만 무인이 되려면 얼마나 고생해야 되는지 대충 알거든요. 왜 굳이 그렇게 힘든 길을 가나 해서요, 그것도 언니 같은 미인이.”

말을 끝내면서 화가영은 북설의 손바닥을 바라봤다.

아까 걸을 때 뒤에서 보고는 계속해서 신경이 쓰이던 부분이다.

희면서도 긴게 뻗어진 손가락은 정말 부러울 정도로 아름다웠지만 손바닥에 눈에 띌 정도로 잡힌 굳은살은 북설처럼 아름다운 여인에게 어울리지 않았다.

애초에 무인들을 이해하지 못하는 화가영이기에 도저히 이해하지 못한다는 눈초리였다.

“강해지면 좋아요? 굳이 고생해 가면서 그리 강해져야 할 필요가 있나 해서요.”

대답을 바랐던 것이 아니다. 하지만 예상치 못하게 북설은 전혀 망설이지 않고 대답했다.

“지켜 드려야 하니까요.”

“에?”

“강하지 않으면 저분을 지켜 드릴 수 없으니까 강해졌을 뿐이에요.”

무인들이 강해지고 싶어하는 이유는 다양하다.

무공의 끝을 보고 싶어서, 권력이나 명예, 돈을 위해서도 강해진다. 복수를 위해 무공을 익히는 자들이 있는 반면 천하제일을 꿈꾸는 무인들도 있다.

하지만 이런저런 거창한 이유가 북설에게는 없었다.

싸움에 관련된 무공은 전혀 몰랐던 북설이 지금처럼 강해진 것은 전부 설무린을 위해서다.

그의 그림자무사가 되기 위해 그녀는 혹독한 시간을 보내면서 강해졌다.

오직 단 한 명, 설무린을 위해서 그녀는 무인이 된 것이다.

"흠, 그래도 무인이 되려면 뭔가 하고 싶은 걸 다 포기해야 되잖아요. 늦잠을 자는 거나, 에…… 또, 예쁘게 꾸미고도 다니고 싶기도 한 그런 것도요."

"그런 건 전 잘 모르겠어요. 예전부터 그저 저분의 곁에 있고 싶었을 뿐이니까요."

말을 마친 북설은 멀리에 서 있는 설무린을 바라봤다. 아직 이야기가 끝나지 않았는지 조자부와 대화를 나누는 그의 옆모습을 북설이 물끄러미 바라봤다.

그런 그녀의 행동에 화가영이 짓궂은 미소를 지었다. 화가영이 북설의 옆구리를 쿡 찌르면서 말했다.

"언니, 저 남자 좋아하죠?"

"무, 무슨 소리예요?"

"맞잖아요. 누군가를 지켜주고 싶고 옆에 있고 싶다. 좋아하는 사람한테 그러는 거 아닌가?"

전혀 예상치 못한 화가영의 말에 북설이 화들짝 놀랐다. 가만히 옆에서 이야기를 듣고 있던 장청기가 당황하며 급히 대화에 끼어들었다.

"아가씨, 무인으로서의 의미가 담긴 말인데 그리 말씀하시
니 상대가 당황하지 않습니까."

"무인은 뭐 사람 아닌가요. 뭐, 아니면 아닌 거고요."

대수롭지 않다는 듯이 화가영이 말을 끊었다.

북설은 당황해서 붉어진 얼굴을 감추기 위해 급히 고개를
반쯤 내렸다.

그때 아직까지 대화를 나누는 둘을 바라보던 화가영이 지
쳤다는 듯이 말했다.

"이야기가 길어질 것 같으니까 먼저 갈게요, 언니. 아, 고
맙다는 말을 하지 못한 것 같아서 왔었다고 전해줘요. 도와줘
서 고맙다고요. 언니도요."

"아, 그렇게 할게요."

대답을 들은 화가영은 장청기와 함께 온 길을 되돌아 걸어
갔다.

그 둘이 돌아가고 나서 일각가량이 지난 뒤에야 설무린과
조자부가 대화를 끝내고 북설이 있는 쪽으로 다가왔다.

"그럼 나는 먼저 가겠네."

"말씀드린 일 잘 부탁드립니다."

"뭐 어려운 일이라고. 알겠네."

둘에게 가볍게 인사를 건넨 후 조자부가 먼저 자리를 떴다.
그가 사라지고 나서야 설무린이 물었다.

"그 둘은 어디 간 거야?"

이미 아까 전에 둘이 사라지는 것을 알아채기는 했지만 굳이 신경 쓰지 않았기에 지금에 와서야 묻는 것이다. 아무렇지 않은 질문이었지만 설무린의 목소리를 듣는 순간 북설은 일순 말문이 턱 막혔다.

단 한 번도 설무린에 대해 그리 생각해 본 적이 없거늘, 화가영의 말을 들으면서 뭔가 의식하게 되어버린 것이다.

"어이, 왜 그래?"

"아! 고맙다는 말을 전하러 왔었다고……."

"그래? 겉보기와 다르게 제법 예의가 있는 모양이군."

의외라는 듯이 설무린은 아까 전 그 둘이 사라졌던 방향을 바라봤다. 뒤를 향해 고개를 돌리던 설무린은 북설의 표정이 뭔가 이상하다고 생각했다.

"너, 뭔가 이상한데……."

"아, 아무렇지도 않습니다."

"그럼 다행이고. 가자."

말을 마친 설무린이 그대로 자신의 거처를 향해 걸어갔다.

아무런 말도 없이 뒤를 쫓던 북설이 조심스레 자신의 왼쪽 가슴에 손을 가져다 댔다.

심장이 두근거린다.

第四章

혈객(血客)

북경상단을 떠난 지 보름이 훌쩍 지난 지금 설무린과 북설은 섬서성에 도달한 상태였다.

이름 모를 야산에 도착한 지금 설무린은 혼자만의 세상에 빠져 있었다.

쉬익!

검집에서 빠져나온 검이 단숨에 주변에 있는 모든 것들을 훑고 지나갔다. 검집으로 검이 돌아가고 나서야 사방에 있던 나무들이 잘려져 나갔다.

대단한 무위다.

하지만 정작 당사자는 뭔가 개운치 않은지 입맛을 다셨다.

“쩝, 이게 아닌데.”

해가 떠 있는 내내 바쁘게 움직이다가 조금 쉴까 하고 자리를 폈다. 하지만 그는 짐을 내려놓기가 무섭게 검을 들고 이렇게 무공 수련에 열중했다.

북해빙궁을 떠난 이후에도 설무린은 결코 연습을 게을리하지 않았다.

설무린이 다시금 검을 꺼내 들었다.

“다시!”

외침과 함께 그의 몸이 분주하게 움직였다. 손에 들린 검은 여전히 위력적으로 사방에서 꿈틀댔다.

마치 실성한 사람마냥 설무린은 검을 흔들기에 바빴다.

그리고 그 모습을 북설은 말없이 지켜보고 있었다.

‘대단해.’

무인으로서 설무린은 감탄할 만한 인물이다.

벌써 한 시진이 넘게 자신만의 세계에 빠져 검을 휘두르고 있다. 그것은 제아무리 집중력이 빼어난 자라도 쉬운 일이 아니다.

식사를 준비하긴 했지만 지금 그의 연습을 방해할 순 없기에 북설은 멀리에서 기다리고 있을 뿐이었다.

그로부터 반 시진가량을 더 미친 사람처럼 날뛰던 설무린이 검을 멈추었다.

“젠장!”

터져 나온 그의 목소리에는 짜증이 잔뜩 묻어났다.

설무린은 한 시진 반가량 검을 휘두르면서 거칠어진 숨을 가다듬었다.

그는 흘러나온 땀을 소매로 닦아내며 북설이 있는 쪽으로 터덜터덜 걸어왔다. 자리에 털썩 주저앉은 설무린이 뭔가를 골똘히 생각하면서 중얼거렸다.

"이런 느낌이 아니었는데……."

그날부터였다.

사혈괴마와 흑풍귀의 기습이 있었던 그날, 설무린은 난생 처음 느끼는 감각에 휩싸였다.

그때 펼쳐진 일검은 사혈괴마와 강기를 두른 륜을 단숨에 두 동강 내버렸다.

천하를 검에 담았던 그 찰나의 감각을 아직도 머리가 기억하거늘 몸이 그것을 따라주지 못하는 것이다.

단전 부분에서 꿈틀거리는 태양지체의 힘이 원인일 거라고 판단하여 여러 가지를 시도해 봤지만 연신 실패만 할 뿐이었다. 도대체 이 태양에 비견할 정도로 양기가 가득한 놈을 어떻게 빙백신공의 기운과 하나로 합쳐야 할지 답이 서지 않느냐.

무리하게 도전했다가는 기혈이 뒤틀릴지도 모르는 상황이니 섣부르게 행동할 수도 없다.

지금 자신이 죽는다면 그 누가 설군표를 다시금 자리에서 일어나게 할 수 있겠는가.

쉽지 않은 문제다.

하지만 만약 그때 펼쳤던 그 검을 자유자재로 사용이 가능해진다면……

그것은 생각만 해도 즐거운 일이었다.

해가 뜨기 무섭게 짐을 챙긴 둘은 다시금 산 아래로 움직였다.

섬서성에 들어서기는 했지만 아직까지 약선문이 있는 강서성까지는 얼마나 더 오랜 시일이 걸릴지 장담할 수 없는 긴 여정이다.

그나마 그곳에 가서 해약을 만들 수 있다면 다행이지만 그렇지 않다면 또다시 사천까지 먼 발걸음을 해야 할 게다.

가을의 중턱에 들어선 산은 아름다웠다.

산에 가득한 나뭇잎들은 알록달록하니 변해 사람들의 눈을 현혹시켰다. 그리고 조금씩 추워지는 날씨 때문에 동물들도 서서히 겨울나기를 준비할 무렵이다.

설무린과 북설은 바삐 산을 탔다. 아름답게 변해가는 산의 정경도 이 둘의 발걸음을 붙잡지는 못했다.

그렇게 바삐 움직이던 둘의 귀에 커다란 울음소리가 들려왔다.

커엉!

그것은 분명 산중(山中)의 왕이라 불리는 범의 것이 분명했다.

범의 울음소리는 순간 산이 흔들린다는 착각이 들 정도였다. 그리 멀지 않은 곳에 범이 있는 모양이다.

설무린이 소리가 난 방향을 바라보면서 중얼거렸다.

"뭐야? 이런 곳에도 범이 사나?"

제법 큰 산이기는 하지만 그리 멀지 않은 곳에 마을이 있기에 범이 있는 것은 다소 의외의 일이었다.

잠시 범의 울음소리가 들려온 곳을 바라보기는 했지만 이내 관심을 끊고 산 아래를 향해 움직였다.

그런데 몇 걸음 움직이지 않아 다급한 발자국 소리가 들려왔다.

"사, 살려주세요! 누구 없어요!"

어린 소년의 목소리를 듣는 순간 설무린과 북설의 눈이 마주쳤다. 그리고는 약속이라도 한 것마냥 동시에 소리가 난 방향을 향해 몸을 날렸다.

둘의 몸이 단숨에 나무 몇 개를 박차고 소리가 난 곳으로 날아들 때였다.

나무 틈 사이로 커다란 범과 소년과 소녀의 모습이 들어왔다. 그렇지만 어떻게 움직이기에는 너무나 거리가 멀었다. 그리고 마침 범이 소년과 소녀를 향해 몸을 낮췄다.

'달려들려고 한다!'

도착하면 이미 늦는다.

생각과 동시에 설무린의 손에 들린 검이 빠르게 허공을 갈랐다.

쒜에엑!

마치 화살처럼 쏘아진 설무린의 검이 막 범의 목에 틀어박히려는 순간 무엇인가가 반대편 목을 뚫고 빛살처럼 날아들었다.

"합!"

앞장서 있던 북설이 검을 휘둘러 범의 목을 뚫고 날아드는 검을 쳐냈다.

타앙!

범의 목을 뚫으면서 힘을 잃은 검이었기에 막아내는 것은 그리 어렵지 않았다. 그리고 설무린의 검 또한 범의 목을 뚫고 나무에 틀어박혔다.

커다란 범은 그대로 풀썩 쓰러진 채로 죽음을 맞이했다.

범이 쓰러지면서 가려져 있던 한 사내가 모습을 드러냈다.

긴 흑발을 치렁치렁하게 늘어뜨린 그는 설무린과 비슷한 연배로 보였다. 거기다가 고급스러워 보이는 옷차림을 하고 있어 제법 높은 신분의 사람 같았다.

사내 또한 마찬가지로 반대편에서 갑자기 나타난 둘의 모습을 바라보고 있었다.

잠시 서로를 바라보던 중 사내가 먼저 가볍게 목례를 하고는 범의 시신이 있는 곳으로 다가갔다.

"괜찮니?"

범을 발로 밀어버리면서 아이들에게 다가간 사내가 물었다. 여동생으로 보이는 소녀를 꼭 껴안고 있던 열두어 살 정도 되어 보이는 소년이 고개를 끄덕였다.

그러면서 다소 떨리기는 하지만 또랑또랑한 목소리로 말했다.

"가, 감사합니다."

"녀석, 그래도 용감하구나."

대견하다는 듯이 머리를 쓰다듬어 주면서 사내는 소녀를 바라봤다.

여덟 살 정도밖에 되어 보이지 않는 소녀는 겁에 질려서인지 아무런 말도 하지 못하고 있었다.

설무린과 북설은 한발 늦게 그들에게 다가갔다.

숨을 거둔 범을 발로 툭툭 차면서 설무린이 대수롭지 않다는 듯이 말했다.

"뭔 놈이 이리 커."

시선은 범으로 향하고 있는 것 같지만 정작 그가 바라보는 것은 생면부지(生面不知)의 사내였나.

비록 다급한 상황이었다곤 해도 지척에서 검을 날리기 전까지 전혀 알아차리지도 못했다.

놀란 두 아이를 진정시키던 사내가 천천히 자리에서 일어나서 설무린과 마주했다.

그는 다소 바람기있어 보이는 준수한 외모의 소유자였다. 그가 뒤쪽에 있는 나무에 틀어박힌 검을 가리키며 말했다.

"형씨 제법 합디다."

"한 번에 둘을 죽일 뻔한 당신에 비한다면야 뭐."

설무린은 북설이 쳐낸 검을 힐끔 쳐다보면서 대꾸했다.

만약 보통의 사람이었다면 그 검에 목숨을 잃고 말았을 게다.

설무린이 어떠한 의미로 그 같은 말을 했는지를 알았는지 사내가 어색한 미소를 지으면서 대꾸했다.

"미안하게 됐소. 뒤쪽에 사람이 있는지 몰라서……."

"어차피 지난 일이니 그냥 넘어갑시다. 그나저나 이 일이나 먼저 해결하도록 하죠."

아직까지 자리에서 일어나지 못하는 소년과 소녀를 보며 설무린이 말했다.

비록 범으로부터 구해주기는 했지만 그렇다고 이곳에 다시 덩그러니 놓고 가기는 뭐했던 것이다.

설무린이 아이들에게 다가가서 물었다.

"꼬마야, 집이 어디냐?"

"그, 그게……."

소년은 뭔가 말을 하려는 듯했지만 벌벌 떨면서 제대로 말을 잇지 못했다. 고맙다는 말을 하고 난 후에 살았다는 안도

감과 함께 긴장이 확 하니 풀어진 탓이다.

보통의 사람에게, 그것도 갓 열 살을 넘긴 소년이 감당하기에 범의 기세는 너무나 컸던 모양이다.

"꼬맹이! 정신 안 차려!"

설무린이 갑자기 지른 고함에 소년이 깜짝 놀라 고개를 들었다.

놀란 것은 비단 소년과 소녀뿐만이 아니었다.

놀란 그들을 달래려던 정체불명의 사내 또한 놀라서 설무린을 쳐다봤다.

"네가 정신 못 차리면 네 동생은 어쩔 거냐? 사내새끼라면 당장 정신 차려라, 꼬맹이."

"예, 예!"

"다시 묻지. 집이 어디냐?"

"이쪽으로 쭉 내려가면 있는 마을인데요……."

"그래? 별로 안 먼 모양이니 데려다 주지. 어차피 가는 길이 이쪽이기도 하니까."

말을 마친 설무린은 빼앗듯이 소년의 품에서 소녀를 받아서 들쳐 업었다.

소녀를 등에 업으면서 고개를 들어 올린 설무린은 다른 사람들의 시선이 전부 자신에게 쏠려 있다는 걸 알아차렸다.

처음 보는 사내와 북설이 자신을 바라보고 있자 그가 변명하듯이 소년을 바라보면서 말했다.

"발걸음이 느려질까 봐 이러는 거다."

일행은 한 시진가량을 걸어서야 산에서 빠져나올 수 있었
다.

산 아래에서부터 반 시진을 더 가면 마을 하나가 나온다.
그곳이 바로 이 아이들이 사는 마을이었다.

마을에 도착했을 때는 저녁 식사를 하기에는 다소 이른 시
간이었다.

아이들을 집으로 돌려보낸 후 설무린은 고민에 빠졌다.

시간이 애매했던 탓이다.

이대로 마을에서 쉬기도 뭐했고, 굳이 발걸음을 옮기는 것
도 애매했다. 그렇게 설무린이 망설이고 있을 때 함께 내려왔
던 사내가 팔꿈치로 가볍게 툭 치면서 살갑게 말했다.

"형씨, 저 객잔 괜찮아 보이는데 저기로 가는 게 어떻소?"

"좀 바빠서 어찌해야 할지 고민되는군요."

"그렇게 추운 곳에서 자다가는 늙어서 고생할 거요. 이왕
마을에 온 거 저기서 쉬다 가는 게 나을 것 같소만. 댁도 그렇
지만 저 소저도 생각해 줘야지."

설무린은 뒤쪽에 있는 북설을 힐끔 쳐다보더니 별수없다
는 듯 고개를 끄덕였다.

사내는 뭐가 그리도 즐거운지 싱글벙글 웃으며 앞장서서
걷기 시작했다.

객잔 문을 부수기라도 할 것마냥 벌컥 열어젖히고 안으로 들어선 사내는 안을 휘휘 둘러봤다.

"그럭저럭 괜찮아 보이는군."

말을 마친 그는 근처에 있는 자리에 가서 털썩 앉았다. 뒤따라 들어긴 설무린과 북설도 그 자리에 함께 합석했다.

자리에 앉자마자 사내는 손짓으로 점소이를 불렀다.

"식사를 하기에는 조금 이른 시간이기도 하니…… 술 한 잔 어떻소?"

"그것참 신기한 생각이로군요."

식사를 할 시간이 아니라며 술을 마시자는 것은 대체 무슨 논리란 말인가. 그런 설무린의 말에도 불구하고 사내는 자기 멋대로 이것저것을 주문하기 시작했다.

꽤나 많은 양에 설무린은 눈살을 찌푸렸다.

"그 많은 걸 시켜서 다 먹으려는 겁니까?"

"걱정 마시오. 내가 사는 거니까. 그리고 내가 좀 식성이 좋다 보니 이 정도쯤이야. 하하!"

크게 웃음을 터뜨리며 사내는 설무린의 어깨를 소리가 날 정도로 강하게 때렸다. 제법 손속이 매웠는지 설무린이 표정을 구기면서 말했다.

"또 이렇게 내 몸에 손을 대면 각오해야 할 겁니다."

"이런이런, 미안하게 됐소. 내가 원래 좀 성격이 이래서. 이해 좀 부탁드리오."

말은 그렇게 했지만 사내는 전혀 미안한 표정이 아니었다.
설무린은 먼저 나온 차를 마시면서 그의 모습을 살폈다.

'평범한 자는 아닌데.'

처음 봤을 때부터 느낀 거였지만 뭔가 수상한 기운을 풍기
는 자다.

그때 사내가 설무린에게 다시 말을 건네왔다.

"그런데 형씨, 나이가 몇이오? 나보다 조금 어려 보이는
데…… 아, 난 스물아홉이오."

"나이를 묻는 이유는 뭡니까? 형 소리라도 듣고 싶은 모양
이군요."

"흐흐! 눈치도 빠르시오. 흐음, 그럼 어떻다?"

괴상한 웃음을 터뜨렸던 사내는 잠시 골똘히 무엇인가를
생각하더니 결심했다는 듯 말했다.

"좋소. 형 소리는 바라지 않을 테니 편히 말 좀 놓읍시다.
동년배의 사람에게 이처럼 공손하게 말을 하는 것도 힘드니
까. 난 형씨가 마음에 들거든."

"어렵지 않지."

"이런, 놓으란다고 바로 반말이로군. 하지만 그런 모습이
맘에 들어."

사내가 씩 웃었다.

그는 바로 말을 이었다.

"내 이름은 용비강(龍比强)이라고 한다. 보시다시피 떠돌이

검객이지."

으쓱하면서 자신의 이름을 밝힌 그는 설무린과 북설을 바라봤다.

자신이 말했으니 그쪽도 정체를 밝히라는 소리다.

설무린이 대답했다.

"설무린이다."

"흐음, 소저는 이름이 뭡니까? 아, 혹시 말을 못하는 건……."

"북설입니다."

용비강이 말을 끝내기도 전에 북설이 대답했다. 그가 슬쩍 무안했는지 뒷머리를 긁적거릴 때 운이 좋게도 음식 하나가 날라져 왔다.

용비강은 시켰던 술을 자신의 잔에 따르면서 급하게 화제를 돌렸다.

"그런데 어디서 오는 길인가?"

"북쪽에서 왔지."

"북쪽이라……"

북쪽이라 함은 어디를 말하는지 정확하게 알 수 없지만 용비강은 꼬치꼬치 캐묻지 않았다. 사연이 있는 부인이 어니 한 둘이겠는가.

먼저 말하지 않는 이상 끝까지 추궁하지 않는 것이 낫다.

설무린은 오랜만에 입에 대는 술이 제법 입에 맞았는지 술

잔에 다시금 술을 채웠다.

"유랑이라도 나온 모양이지?"

"큭! 내가 한가하게 유랑이나 하러 나온 것 같아 보여?"

"가을이고 하니 화산(華山)에 꽃구경이라도 온 줄 알았지. 화산의 가을 정경은 말로 표현하기 어렵다고 할 정도니까 말이야."

화산은 중원에 있는 오악 중 하나로 서악이라고 칭해지는 곳이다.

가을의 화산은 너무나 아름답기에 이맘때쯤이면 수많은 사람들이 그곳으로 유랑을 떠날 정도라고 한다.

더군다나 화산에는 그 유명한 구파일방의 하나인 화산파가 있다.

잠시 대화를 나누는 사이에 식탁은 각양각색의 음식들로 채워지기 시작했다. 시킬 때도 엄청나다고 느꼈지만 막상 이렇게 차려지게 되니 그 양은 어마어마했다.

산처럼 쌓인 음식을 보며 설무린은 자기도 모르게 한숨을 내쉬었다.

"정말 이걸 다 먹는다고?"

"사내가 이 정도야."

젓가락을 들어 올리며 대수롭지 않다는 듯이 말하는 용비강을 보며 설무린이 질렸다는 표정을 지어 보였다.

"뱃속에 거지라도 사는 모양이군."

“흐흐, 개방의 거지라도 내 앞에서는 무리일걸.”

자신있게 말하며 그는 젓가락을 바삐 움직이기 시작했다. 잠시 미친 듯이 음식을 집어 먹는 용비강을 바라보던 설무린도 젓가락을 들었다.

“공짜라는데 나도 마다할 필요는 없겠지.”

쉬지 않고 쏟아지는 음식을 먹기 위해 최선을 다했지만 결국 설무린과 북설은 젓가락을 내려놓고야 말았다. 그에 반해 용비강은 체형에 어울리지 않게 계속해서 음식을 먹고 있었다.

설무린은 용비강을 신기한 듯 쳐다보면서 말했다.

“대단하군. 정말 개방의 거지라도 그 정도는 아닐 거야.”

“생활이 불규칙하다 보니 먹을 수 있을 때 많이 먹어두는 거지. 저축을 한다고 해야 하나?”

“입 안에 있는 음식은 다 먹고 말하라고.”

말하기가 무섭게 그는 술을 병째로 벌컥벌컥 들이켰다.

“크아!”

술병을 내려놓으며 그는 소매로 입가를 닦았다.

거의 한 병이나 되는 화주를 단숨에 들이켠 용비강이 가만히 설무린을 바라봤다. 그는 뭐가 그리 즐거운지 실실 웃기 시작했다.

그러다가,

쾅!

아무렇지 않게 앉아 있던 용비강이 갑자기 식탁에 머리를 박으면서 엎어졌다.

설무린은 식탁에 엎어져 있는 용비강을 손가락으로 툭툭 밀었다.

"어이, 일어나 봐."

"……."

"이 자식, 취한 거야?"

설무린이 당황스러운 표정으로 북설을 바라보며 물었다.

북설 또한 갑자기 벌어진 일에 애매한 표정을 지으면서 대꾸했다.

"아무래도…… 그런 것 같습니다."

"대체 이놈 뭐 하는 놈이야."

골치 아프다는 표정으로 설무린은 기분 좋게 잠에 빠져 버린 용비강을 바라봤다.

창문으로 들어오는 햇빛에 잠에 빠져 있던 용비강이 슬그머니 눈을 떴다.

잠시 정신을 차리지 못한 것마냥 침상에 앉아 주변을 두리번거리던 용비강은 그제야 어제 일이 기억났는지 자리에서 일어났다.

"하암."

늘어지게 하품을 한 용비강은 문을 열고 방을 빠져나갔다.

부스스한 머리를 긁적이면서 계단을 내려서던 그는 낯익은 사람들의 모습에 반갑게 손을 흔들었다.

"여어, 잘 잤냐?"

"그게 할 말이야? 어제 취한 네놈을 업어서 방까지 옮긴 게 바로 나다."

"하하, 왠지 일어나 보니까 방이더라고."

"갑자기 들이마실 때부터 알아봤다. 그럴 거면 내공으로 술기운이라도 날리지 무슨 짓이야."

"기껏 마신 술 아깝게 그런 짓을 할 필요가 있나. 뭐, 누군가 살의를 가지고 다가오면 그때나 주기(酒氣)를 날려 버리면 그만이지."

어느 정도의 무인이라면 기본적으로 내공을 이용해 술 기운 정도는 체외로 배출하는 것이 가능하다.

대수롭지 않다는 듯한 용비강의 태도에 설무린이 말했다.

"만약 네가 나와 조금 더 아는 사이였다면 난 널 죽여 버렸을 거다."

"거참, 죽인다는 말을 그렇게 눈 하나 깜짝하지 않고 당사자 앞에서 말하는 사람이 있을 줄이야."

용비강의 말에도 설무린은 별다른 표정의 변화를 보이지 않았다.

용비강은 설무린의 반대편 자리에 가서 걸터앉았다. 그가 손을 들어 점소이를 부르더니 아침부터 꽤나 많은 양의 음식을 주문했다.

설무린은 질린다는 표정을 지어 보였다.

"아침부터 그리 먹을 생각이냐?"

"한동안 이런 음식 입에 대기도 힘들 것 같아서. 많이 비축해 둬야지."

점소이가 놓고 간 차를 마시며 용비강이 대답했다.

잠시 아무런 말도 없이 의자에 앉아 있던 용비강이 이내 물었다.

"갈 목적지는 있는 거야?"

"뭐, 우선은 강서성 쪽으로 가볼까 생각 중이다."

"흐음."

심드렁한 얼굴로 용비강은 찻잔을 빙글빙글 돌렸다.

잠시 시간이 지나자 아침 식사라고 보기 어려울 정도의 음식들이 탁자 위를 가득 채우기 시작했다.

객잔에 있는 다른 손님들조차 당황스러운 눈으로 곁눈질했지만 용비강은 전혀 아랑곳하지 않았다.

"으, 배부르다."

식사를 끝낸 용비강이 의자에 몸을 기대며 자신의 배를 두드렸다. 꽤나 편안해 보이는 그를 잠시 바라보던 설무린이 자리에서 일어났다.

"이만 가봐야겠다."

"어이, 잠시 기다리라고."

객잔을 떠나려는 설무린을 붙잡은 용비강은 급하게 위층으로 올라가더니 이내 자신의 짐을 들고 허겁지겁 내려왔다. 그가 씩 웃으며 말했다.

"강서성으로 간다며? 나도 안휘성이나 가볼까 하던 차니까 중간까지 동행하지. 재미있는 놈을 발견했는데 이렇게 헤어지는 건 조금 아쉽잖아?"

동행하자는 제의에 설무린은 잠시 머뭇거렸다.

안휘성이라면 강서성으로 향하는 자신과 중간까지 가는 길은 같다.

시간만 지체되지 않는다면 누군가를 일행에 합류시키는 것도 그리 나쁘지만은 않을 게다.

더군다나 눈앞에 있는 이자는 약하지 않다.

최근 들어 만났던 세 명의 노인은 모두 절정의 고수였다. 만약 그들 수준의 무인이 셋 이상 나타나거나 그 이상의 자들이 나타난다면 힘들다.

물론 그러한 자들이 세상에 그리 많지는 않겠지만 북해빙궁을 흔들려는 놈들은 상상 이상의 힘을 가진 듯하다. 자신과 북설 둘보다는 그래도 용비강이라는 사내가 힘을 보태는 것이 상서성까시 보나 쉽게 가는 딥이 될지도 모른다.

손해 볼 것이 없다고 판단한 설무린이 고개를 끄덕이며 말했다.

"상관없을 것 같은데."

"좋아! 그럼 가자고."

설무린이 승낙하자 용비강은 기분 좋은 미소를 지으며 객잔 문을 열고 바깥으로 걸어나갔다.

용비강은 참으로 말이 많은 사내였다.

그는 말을 멈추면 입 안에 가시라도 돋는 사람마냥 연신 떠들어댔다. 그러면서도 용케 호흡 하나 거칠어지지 않는 것을 보니 용비강의 무공이 결코 어중이떠중이의 수준이 아니라는 걸 알 수 있었다.

쉬지 않고 쏟아지는 말이거늘 설무린은 용비강의 말을 잘 듣고 있었다.

무림에 대해 잘 모르는 설무린에게 있어 지금 그가 하는 말들은 제법 도움이 됐기 때문이다.

무림에서 오래된 고수에 관한 이야기나, 최근 있었던 자잘한 일들에 대해 용비강은 계속해서 떠들었다.

특히나 설무린이 관심을 가지고 듣는 것은 최근 들어 생긴 무림의 대소사(大小事)였다. 그 안에서 혹여나 뭔가 단서를 잡을 수도 있지 않을까 해서다.

하지만 용비강의 이야기에서는 딱히 뭔가 잡아낼 것이 없었다.

그만큼 현재 무림에서 벌어진 일이라는 것들은 시시한 것들 투성이였다. 최근 몇십 년 동안 무림은 조용했다. 정파와 사파의 커다란 충돌이 있는 것도 아니고, 대마두가 무림을 시끄럽게 한 적도 없다.

생소하다는 표정으로 이야기를 듣는 설무린에게 용비강이 물었다.

"내가 한 이야기 중 일부는 무림에 조금이라도 몸담은 사람이라면 아는 것들인데 정말 처음 듣는 거냐?"

"대부분은. 원래 무림의 정세에 관심이 없었거든."

"아무리 그래도 그렇지…… 설마 지금 이곳 섬서성에 있는 구파일방이 어디인지도 모르는 건 아니겠지?"

"큭! 그 정도는 안다고."

"아무것도 모르는 줄 알았는데 그나마 다행이군. 아, 이야기가 나와서 말인데 최근 들어 종남파(終南派)가 점점 몰락해 가는 추세야."

"종남파가?"

종남파가 점점 몰락해 간다는 말에 설무린은 고개를 갸웃했다.

적어도 구파일방의 하나인 그곳이 몰락해 간다는 것이 쉬이 믿어지지 않는 것이다.

"십 년 전인가! 그 무렵에 장문인을 비롯해 종남파를 지탱하던 고수 몇 명이 괴한들에게 암습을 당해 죽은 일이 있거든. 그때부터 급속하게 성세가 기울더군. 아직 구파일방의 자리를 빼앗기지는 않았지만 이대로 가다가는 그럴 날도 멀지 않았지."

대수롭지 않다는 듯이 용비강은 말했지만 설무린은 결코 가벼이 흘려듣지 못했다.

정체불명의 자들에게 기습을 당했다는 말에 더욱 신경이 쓰이는 것은 최근 북해빙궁의 상황 때문이리라.

"범인은?"

"우습게도 범인들이 오리무중(五里霧中)이야. 종남파의 안까지 들어와서 그들을 죽이고 사라졌는데 아무도 알아차리지 못했어."

"호오."

종남파는 구파일방의 하나.

그런 곳에 몰래 잠입한 것은 놀라운 일이다. 한데 문제는 그게 다가 아니라는 거다.

몰래 잠입한 이후 그들은 종남파에서 알아주는 고수들을 죽인 것이다, 그것도 아무런 소리도 없이.

그 말은 곧 종남파의 인물들에 비해 최소한 두 수 이상은 고수라는 거다.

그것도 아니라면 독이나 암기 같은 수법을 썼을 수도 있다.

방법이야 어쨌든 위험한 자들이라는 것은 분명했다.

"정말 무림에 대해 아는 게 별로 없군. 무슨 변두리에 있는 조그만 마을 도장에서 무공이라도 배운 거냐?"

"그럴지도. 후후!"

북해빙궁이 새외에 있으니 변두리라는 말이 꼭 틀리지만은 않다.

그 후에도 용비강의 이야기는 계속됐다. 덕분에 설무린은 무림에 대해 제법 많은 지식을 얻게 됐다.

계속해서 떠들어대던 용비강의 입이 해가 슬슬 사라질 무렵이 되자 멈추었다.

침울하게 걷던 그가 발걸음을 슬슬 늦추다 뒤에서 쫓아오는 북설에게 말했다.

"배도 안 고픕니까?"

"아뇨. 그다지……."

"설무린! 이만 여기서 자리 좀 잡고 밥 좀 먹자. 더는 배고파서 못 움직이겠다!"

버럭 소리를 지르는 용비강을 보며 설무린이 피식 웃었다.

"왠지 말수가 줄어든다 했더니 배가 고파서냐?"

"아까부터 계속 말을 하면서 걷는데 배고픈 게 정상 아니냐? 하여튼 눈치없는 놈이로군."

만난 지 하루밖에 되지 않은 사이이거늘 용비강은 전혀 거리낌 없이 설무린을 대했다. 그런 용비강의 태도가 설무린 또한 불편하지 않았다.

용비강은 마치 오래된 친구인 것마냥 사람을 편안하게 만들 줄 아는 사내였다.

그의 제안대로 일행은 근방에 노숙 준비를 하기 시작했다.

자리를 잡는 동안 사냥을 하러 갔던 용비강이 토끼 몇 마리를 잡아서 모습을 드러냈다.

제법 사냥에 이골이 났는지 그는 능숙하게 고기를 손질하기 시작했다.

그동안 설무린과 북설은 나무를 모아 불을 지폈다.

불 위에 올려진 토끼 고기는 금세 지글지글거리며 익기 시작했다.

노릇노릇하게 익은 고기는 제법 먹음직스러워 보였다.

가장 먼저 용비강이 고기를 빼냈다. 배가 고팠다는 걸 시위라도 하는 듯 그는 급하게 고기를 뜯어 먹기 시작했다.

설무린과 북설 또한 꼬치마냥 만들어진 토끼 고기를 집어 들었다.

꼬치처럼 해둔 덕분에 먹는 것이 제법 수월했다.

"이 방법 괜찮군."

"그렇지? 오래전부터 날 키워주던 영감에게 배운 건데 제법 쓸 만하더라고."

용비강은 금세 식사를 끝마치고는 급히 불가 주변으로 자리를 잡았다.

슬슬 가을이 지나면서 하루가 다르게 쌀쌀해지는 날씨 탓에 노숙이 여간 어려운 일이 아니다.

"으, 춥다."

자리에 누운 그가 이빨을 부딪치면서 중얼거렸다.

하지만 말만 그렇지 용비강은 그리 크게 추위를 느끼지 않는 모양이었다.

자리에 눕기가 무섭게 눈을 감은 용비강을 바라보던 설무린 또한 자리를 잡았다. 쉬지 않고 이동해야 하는 일정이기에 쉴 수 있을 때 모든 피로를 풀어야 한다.

북설까지 해서 셋 모두 자리를 잡고 눈을 감자 주변은 나무가 타는 소리만으로 가득했다.

타닥타닥.

불로 인해 점점 거멓게 변해가던 나무들이 원래의 모습을 잃어가고 있을 때였다.

타닥거리는 나무들이 토해내는 비명 소리의 틈에서 뭔가 이질적인 소리가 들렸다. 잠에 빠져 있기도 했고 그 소리가 너무나 작았기에 셋 모두 미동도 하지 않았다.

어둠을 틈타 주변으로 다가온 자는 한 명이 아니었다.

다수의 자들이 둥그렇게 불이 있는 곳으로 모여들고 있었다. 일정 거리가 되자 그들은 다가오는 것을 멈추고 잠시 머뭇거렸다.

그때 눈을 감고 있던 설무린이 잠꼬대를 하는 것마냥 입을 열었다.

"그냥 가라. 그냥 가면 쫓지는 않겠어."

그 말소리에 주변은 급격한 변화를 보였다. 북설과 용비강이 자리에서 급히 일어났고, 일행을 둘러싼 채로 시간을 끌던 자들도 어둠 속에서 모습을 드러냈다.

모습을 드러낸 자들은 전부 나이가 제법 든 자들이었다.

세 명의 노인과 두 명의 중년인. 개중 가장 나이가 들어 보이는 노인이 입을 열었다.

"제법이로군."

그 목소리는 마치 지옥에서 막 기어올라 온 악귀를 연상케 할 정도로 소름이 돋았다. 그렇지만 설무린은 담담하게 자리에서 일어났다.

상대는 다섯.

그리고 그들은 꽤나 강해 보였다.

"막 잠에서 깼었거든. 잠에 빠져 있었다면 알아차리는 것이 조금 더 늦었겠지."

"하아, 조용히 끝내려고 했는데 생전 처음 보는 놈이 결국 일을 크게 만드는군."

노인의 자조적인 말에 설무린은 한 가지 사실을 알아냈다. 그것은 바로 이들이 설무린과 북설 때문에 나타난 자가 아니라는 것이었다.

설무린은 옆에 있는 용비강을 바라보며 물었다.

"네 손님이냐?"

"아무래도 그런 것 같은데?"

용비강이 웃으며 대꾸했다.

상대의 수준이 보통이 아닐 터인데 그 또한 그리 동요하지 않는 모습이다.

이번엔 곱사등이 노인이 나섰다.

“당장 혈뢰기(血雷氣)를 내놓지 않으면 네놈을 짓이겨 놓고야 말겠다, 이놈!”

“집요한 자들이로군.”

오랫동안 쫓겨오기라도 한 것 같은 말투다. 그리고 실제로 용비강은 이 다섯은 아니었지만 꽤나 예전부터 이들과 관련된 자들에게 쫓겨왔던 것이다.

곱사등이 노인이 다시금 뭔가를 말하려고 할 때 처음 입을 열었던 노인이 그를 제지했다.

다소 흥분한 곱사등이 노인과는 다르게 아직까지 그는 평정심을 유지하고 있었다.

노인이 전면으로 나섰다.

“네놈 손에 삼십 명가량이나 되는 우리 아이들이 죽었다.”

“날 죽이려 한 건 당신들 쪽이잖아. 내 잘못은 없다고 생각하는데.”

“잘잘못이 중요한 게 아니지. 우리가 원하는 것은 바로 네가 가지고 있는 혈뢰기의 비급이다. 그것만 내놓는다면 편안히 죽게 해주지.”

노인의 눈에 살광(殺光)이 가득했다.

말투는 온화하다고 느낄 수도 있겠지만 그 내용은 결코 그렇지 않다.

"또 같은 소리로군. 나한테는 혈뢰기의 비급이 없어."

"헛소리! 네놈 손에 혈뢰기가 있다는 사실은 이미 조사가 끝났다. 결국 고통스러운 죽음을 택하려는구나."

"하아, 이번에도 마찬가지군. 여태까지 매번 나에게 달려들던 놈들도 이런 식이었지. 하지만 난 단 한 번도 지지 않았다는 걸 명심들 하라고."

"오냐, 좋다. 어디 네놈의 사지가 모두 찢어져도 그리 말할 수 있나 보자!"

상황은 급박하게 돌아갔다.

잠을 자고 있는 틈에 나타난 다섯 명의 괴한은 용비강에게서 혈뢰기라는 무공 비급을 노리고 있었다.

설무린은 혈뢰기라는 말을 듣고도 아무렇지 않았지만 만약 이곳에 있는 사람이 다른 자였다면 이야기는 달라졌을 것이다.

혈뢰기(血雷氣)!

이제는 모습을 감춘 혈교의 비전무공으로 교주와 그 후계자에게만 전해진다는 전설의 무공이다.

노인은 손짓으로 다른 네 명의 움직임을 지시했다.

각기 적당한 거리를 유지한 채 선 그들이 서서히 움직이기 시작했다.

'오행쇄금진(五行鎖禁陣)이로군.'

혈교의 진법으로 다섯 명이 한 조를 이루어 펼친다는 진법인 오행쇄금진을 용비강은 바로 알아차렸다. 쉽지 않은 싸움이 될 거라는 생각이 머리를 스쳤다.

알면서도 용비강은 침착함을 잃지 않았다.

용비강이 검을 뽑아 들면서 설무린을 향해 나지막이 말했다.

"진이 발동되기 전에 빠져나가. 생문은……."

"지금 막 생문이 북쪽에서 서쪽으로 움직였군."

"…혈교의 진법을 알고 있냐?"

"그럴 리가. 생전 처음 본다. 하지만 오행을 기반으로 한다는 것은 알아차렸지. 그걸 가지고 생문을 읽은 것뿐이다."

설무린은 용비강의 말에 대꾸했다.

진법에 대해서 잘 아는 것은 아니지만 북해빙궁에도 진법이 있고, 또 그것을 파해하는 방법도 있다.

나름 학습을 해둔 덕분인지 진법을 읽는 눈이 제법 있는 설무린이었다.

"쉽지 않겠는데."

생문을 읽기는 했지만 그것도 진을 펼치는 자들 나름이다. 이곳에서 섣부르게 생문이라고 생각한 곳으로 움직였다가는 목이 달아날지도 모른다.

상대방은 경시하기 어려운 자들인 것이다.

'이 정도의 자들이 뒤쫓는 걸 보니 혈뢰기라는 게 보통 것이 아닌 모양이군.'

설무린이 이 진 안에서 빠져나갈 고민에 빠져 있을 때 다섯 명이 동시에 움직였다. 그들을 응시하던 용비강이 앞으로 뛰쳐나가면서 소리 질렀다.

"빠져나갓!"

애초부터 움직일 준비를 하던 설무린과 북설은 동시에 다섯 명의 공격을 피해내면서 바깥쪽으로 빠져나갔다.

손쉽게 빠져나간 것은 먼저 선공을 받아낸 용비강 덕분이었다.

두 명이 진을 벗어나자 균형이 깨지며 오행쇄금진이 단번에 무너져 버렸다.

용비강 또한 진을 깨기가 무섭게 설무린과 북설이 있는 쪽으로 몸을 움직였다.

노인이 당황스러웠는지 신음을 토해냈다.

"이런……."

"오행쇄금진을 펼칠 상대를 잘못 골랐어. 난 그 진에 대해서는 빠삭하거든."

"쥐새끼 같은 놈. 역시 네놈은 오늘 이곳에서 죽여야겠구나."

애초부터 살려둘 생각은 없었지만 용비강은 알아서는 안 될 것을 너무 많이 알고 있었다.

노인은 살심이 더욱 깊어졌다.

그때 곱사등이 노인이 검을 휙 하니 집어 던졌다.

"에잉! 역시 이런 건 손에 맞지 않는단 말이야."

중얼거림과 함께 품속으로 손을 집어넣은 곱사등이 노인은 채찍 하나를 꺼내어 들었다.

붉디붉은 핏빛을 띠고 있는 채찍을 어루만지며 곱사등이 노인이 용비강을 바라봤다.

"네놈의 살점을 뜯어줄 혈영편(血影鞭)이다. 클클!"

"그것참 살벌한 이름이군."

"어디 언제까지 네놈이 그 잘난 입으로 떠들어대는지 두고 보자."

손에 들린 채찍이 조금씩 풀려 나가며 긴 꼬리를 드러냈다.

곱사등이 노인이 그 같은 행동을 하는 동안 용비강이 뒤쪽에 있는 설무린과 북설에게 조그맣게 말했다.

"도망들 가라고. 둘 모두 강한 건 알지만 상대는 혈교의 고수들이거든."

"혈교라…… 너도 그곳에 관련된 모양이군."

"그렇다고 본다면 그럴 수도 있겠지. 어쨌든 시간이 없으니 이야기는 이만 끝내자고."

용비강은 비록 겉으로는 태연해 보였지만 실제로는 바짝 신경을 곤두세우고 있었던 것이다.

말이 끝나기가 무섭게 곱사등이 노인의 손에 들린 혈영편이 날아들었다.

차아악!

혈영편이 무섭게 땅을 할퀴고 지나갔다.

그렇지만 이미 그곳에 있던 용비강은 옆으로 움직인 후였다.

용비강이 뒤를 보며 다급하게 외쳤다.

"어서!"

설무린과 북설에게 당장 이곳을 벗어나라고 소리치는 것이다. 하지만 상대방은 설무린과 북설을 놓아줄 생각이 없었다.

혹시나 용비강이 비급을 넘겨주었을지도 모르는 상황에서 순순히 보내준다면 그거야말로 더 이상한 일이다.

우두머리 노인이 소리쳤다.

"투귀(鬪鬼), 놈들을 잡아!"

여태까지 단 한마디 말도 하지 않던 노인이 둘의 앞을 막아섰다. 커다란 몸에 머리가 벗겨진 이 노인이 바로 투귀인 모양이다.

커다란 덩치로 설무린과 북설의 앞을 막아선 그가 양손을 넓게 벌리며 이를 드러내며 웃었다.

"어딜 가려고? 그나저나 너 참 예쁘다."

나이에 어울리지 않게 북설을 바라보는 투귀의 눈에는 탐욕이 넘실거렸다. 그는 오른손에 들린 검을 아래로 내리면서 웃음을 흘렸다.

"흐흐, 오늘 내가 호강 좀 하겠구나."

북설은 아무런 내색도 하지 않고 앞에 있는 투귀를 마주하고 있었지만 여인인 이상 그러한 언행에 수치심을 느끼는 것은 당연했다.

그렇지만 그림자무사인 이상 먼저 감정을 드러내고 달려드는 행동을 자제하는 것뿐이었다.

북설은 입술을 꽉 깨물며 화를 억눌렀다.

억지로 내색하지 않으려는 북설의 행동을 눈치 챈 설무린이 대신해서 나섰다.

"호강이야 하겠지. 당신은 오늘부터 평생 누워서 지내게 될 테니까."

"저놈을 너무 믿는군. 아무리 놈이 난다 긴다 해도 우리 다섯을 이길 것 같으냐?"

"착각하고 있군. 난 말이야…… 나밖에 안 믿어."

단숨에 거리를 좁힌 설무린의 주먹이 투귀의 커다란 배로 향했다.

퍼억!

빙마파천권(氷魔破天拳)이 정확하게 투귀의 배를 가격했다. 웃고 있던 그의 얼굴이 단숨에 일그러졌다.

"켁!"

투귀는 배를 부여잡은 채로 뒷걸음질치며 입으로 피를 쏟아냈다.

너무 방심하고 있다가 맞은 일격에 내상을 입은 것이다.

평소였다면 이리 쉽게 당하지는 않았겠지만 설무린이라는 상대에게 방심했던 것이 투귀에게는 너무나 큰 실수였다.

투귀와의 거리가 벌어지자 몸을 돌린 설무린의 눈에 용비 강과 다른 넷의 싸움이 들어왔다.

양쪽으로 갈라진 채 서로를 향해 달려드는 그쪽을 향해 설무린이 손바닥을 내뻗었다.

한 치의 물러섬도 없이 싸움을 계속하던 두 쪽 모두 갑작스럽게 옆에서 쏟아져 들어오는 한기에 급히 발을 멈췄다.

콰르륵!

솟구쳐 오르는 얼음 기둥은 그 싸움을 순식간에 멈추게 할 정도로 강렬했다.

사람들의 놀란 시선이 설무린에게로 향했다.

설무린이 들어 올리고 있던 손을 내리면서 말했다.

"누굴 덤으로 보는 거야?"

第五章

혈교(血敎)

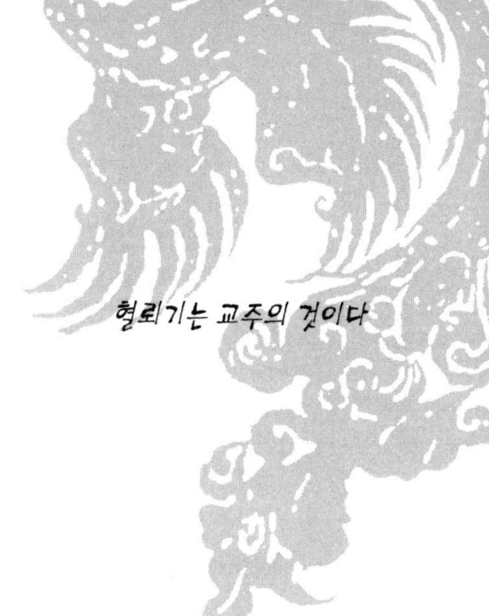

우두머리 노인은 놀란 눈으로 얼음 기둥과 설무린을 번갈아 바라봤다.

아무리 날씨가 추워지고 있다고는 하지만 그렇다 해서 이처럼 얼음을 만들어낼 정도의 극음의 무공을 지닌 곳은 중원을 뒤져 단 한 곳뿐이다.

더군다나 최근 들어 무림에 퍼지고 있는 소문도 들어서 알고 있었다.

조금이라도 무림에 관련이 있는 자라면 알 수밖에 없을 정도로 퍼진, 북해빙궁의 소궁주 설무린이 중원에 나왔다는 그 소문 말이다.

노인은 소문으로 들었던 설무린이라는 자의 인상착의와 눈앞에 있는 사내를 비교해 봤다.

'젠장……'

무공을 봤을 때 이미 확신은 가졌지만 아니길 빌었던 것이 사실이다.

노인이 떨떠름한 목소리로 입을 열었다.

"북해빙궁의 설무린?"

"호, 용케도 내 이름을 아는군."

"이미 중원에 파다하니까."

노인의 말에 설무린은 약속대로 조자부가 자신에 대한 소문을 빠르게 퍼뜨려 준 사실을 알게 됐다.

이미 그 소문에 대해 알고 있는 다섯 명은 그래도 담담하게 현실을 받아들였지만 용비강은 꽤나 놀랐다. 그때 노인이 말을 이었다.

"그런데 북해빙궁의 소궁주가 왜 저놈과 함께 있는지 모르겠군."

"소궁주라고?"

용비강은 다시 한 번 놀랐다.

그냥 북해빙궁의 인물도 아닌 소궁주란다. 그 말은 곧 다음 대의 궁주라는 소리이기도 했다.

놀란 용비강을 뒤로하고 설무린은 노인의 질문에 답했다.

"뭐, 우연히."

"우연히……? 그 말을 나보고 믿으란 말인가?"

"믿기 싫으면 믿지 않아도 나야 상관없지. 안 믿는다고 뭔가 달라지는 것도 아니고 말이야."

전혀 거리낄 것 없다는 식으로 설무린은 대답했다.

노인은 골치가 아파오기 시작했다.

그건 상대가 다름 아닌 북해빙궁의 소궁주이기 때문이었다.

북해빙궁은 그 어떠한 세력도 함부로 대할 수 없는 강인한 무력을 지녔다.

비록 혈교의 무공과 진법들에 익숙하기는 하지만 지금 이곳에 나타난 자들은 마교에 소속된 무인들이다.

잠시 고민이 일기는 했지만 결국 답은 나왔다.

노인은 설무린과 눈이 마주치자 입을 열었다.

"북해빙궁……. 적으로 두기에는 너무나 강하지."

"그래서 물러서겠다?"

"그럴 리가. 확실하게 죽이겠다 이 말이지. 흔적 하나 남지 않도록 말이야. 아무리 마교라고 해도 북해빙궁을 적으로 돌리면 상당히 껄끄럽거든."

만면에 미소를 시은 채로 노인이 밀헸다.

혈뢰기는 반드시 회수해야 하는 무공이다. 무슨 일이 있더라도 말이다.

설무린 또한 지지 않겠다는 듯 노인을 쏘아봤다.

“아무래도 좋게는 끝나기 어렵겠는걸.”

노인이 설무린을 죽이려 하는 것처럼, 설무린 또한 그들이 물러간다고 해서 봐줄 생각은 전혀 없었다.

투귀라는 작자가 심기를 건드린 탓이다.

“북설.”

“예, 소궁주님.”

“잠시 용비강을 도와줘. 난 우선 저 돼지 같은 영감을 먼저 손보고 갈 테니까.”

설무린의 시선은 빙마파천권을 맞아서 잠시 물러섰던 투귀에게로 향했다.

고통스러워하던 표정을 지운 투귀가 무서운 눈으로 설무린을 노려보고 있었다.

그런 투귀를 향해 성큼성큼 다가서던 설무린이 북설의 옆을 지나쳐 가며 말했다.

“북설, 너에게 하는 모독은 바로 나에 대한 모독과 같아. 애써 참지 마라.”

“아……..”

설무린이 자신의 맘을 읽었다는 걸 알았는지 북설의 얼굴이 살짝 붉어졌다. 그런 북설의 마음을 아는지 모르는지 설무린은 손목을 비틀면서 투귀에게 다가갔다.

“당신은 검으로 끝내기에는 뭔가 짜증나.”

“하, 하하! 간이 아주 부어서 배 밖으로 나온 놈이로군.”

북해빙궁 소궁주라는 말에 순간적으로 당황하기는 했지만 우두머리 노인이 설무린을 죽이기로 마음먹었다. 그때부터 투귀 또한 마찬가지였다. 투귀는 설무린을 향해 살기를 쏟아냈다.

투귀가 대놓고 적의를 보이자 설무린은 손을 들어 올렸다. 방금 언급한 대로 쉽게 끝내줄 생각이 없는 것이다.

"투귀라고 했지? 한번 붙어볼까?"

"좋다, 이놈! 나에게 박투로 도전해 오다니 단단히 돌았구나."

투귀 또한 지지 않겠다는 듯이 지니고 있던 검을 옆으로 던지고는 주먹을 움켜쥐었다.

워낙 큰 덩치라 주먹 또한 보통 사람보다는 곱절은 커 보였다.

설무린의 손바닥에서 한기가 흘러나왔다.

"으랏차!"

나이 먹은 노인의 목소리라고는 믿을 수 없을 정도로 그 외침은 우렁찼다.

동시에 투귀가 달려들었다.

파파팍!

둘의 손이 허공에서 섞였다. 수십 차례 서로의 손과 손이 부딪치면서 일진일퇴(一進一退)의 공방전이 펼쳐졌다.

역시나 완력이 자신있는 투귀에게 박투는 쉽사리 밀릴 만한 것이 아니었다.

'멍청하긴!'

설무린이 자신에게 유리한 행동을 했다 생각한 투귀의 손이 자신감과 함께 더욱 강렬해졌다. 빠르게 힘과 속도로 밀어붙이자 손을 섞고 있던 설무린이 몇 걸음 뒤로 물러났다.

'지금이다!'

투귀는 냅다 발로 설무린의 가슴을 걷어찼다. 그렇지만 설무린 또한 손을 교차시키면서 그 발길질을 막아냈다.

발이 채 제자리로 돌아가기 전에 설무린의 손이 움직였다.

샤라락!

빙절이십팔변생사박(氷絶二十八變生死搏)이라고 불리는 북해빙궁의 금나수가 단숨에 그의 다리를 잡아챘다.

'이런!'

급하게 잡히지 않기 위해 발을 아래로 잡아당기듯 빼냈지만 빙절이십팔변생사박은 조금 특이한 금나수였다. 손이 닿는 곳에 지독한 한기가 스미게 해 얼어붙게 만드는 특성 때문에 투귀의 표정이 단번에 굳어졌다.

발에 이는 고통에 피해야 한다는 생각이 앞섰다.

투귀는 뒤는 생각지도 않고 그대로 쓰러지듯이 몸을 뉘었다.

그때 설무린의 발이 그대로 한기가 스며들면서 굳어버린 무릎 부위를 강타했다.

빡!

"크윽!"

마치 밟아버릴 듯이 내리찍은 발길질에 투귀의 무릎이 기이하게 비틀렸다. 쏟아져 나오는 고통을 참지 못하고 그는 비명을 토해냈다.

투귀는 다급히 무릎을 부여잡은 채 뒤로 물러나면서 손바닥을 휘둘렀다.

그러한 다급한 상황에서도 투귀는 지금 무엇을 해야 할지 판단한 것이다.

장력이 일격을 가하려는 설무린의 움직임을 멈칫하게 만들었다.

자리에서 일어나기는 했지만 투귀의 자세는 엉거주춤했다.

무릎 뼈가 완전히 뒤로 꺾여 버린 탓이다.

"이 쥐방울만 한 놈이!"

분노에 치를 떨었지만 투귀는 섣불리 움직일 수가 없었다. 처음 방심하고 있다가 일격을 당하면서 내상을 입었다. 그 상태에서 지금은 괴이한 금나수에 당해 발을 제대로 쓰기 어려워져 버렸나.

북해빙궁에 대해 아는 것이 아무것도 없었기에 이 같은 일이 벌어진 것이다.

투귀는 곁눈질로 뒤쪽을 살폈다.

혼자서는 설무린을 상대할 수 없다는 확신이 들었기 때문이다.

분명 혼자는 무리일지 몰라도 다른 네 명이 개입한다면 제아무리 기이한 무공의 소유자라 해도 이길 수 있다는 판단이었다. 하지만 뒤를 바라본 투귀의 안색이 딱딱하게 변했다.

용비강은 전혀 수세에 몰리지 않았다. 아니, 오히려 북설이 개입하면서 싸움은 순식간에 그들쪽으로 기울었다.

북설의 검은 상당히 까다롭다.

용비강의 패도적인 검법과는 달리 날카로우면서도 변화가 있다. 그랬기에 두 개의 검은 묘하게 어울리면서 상대를 몰아붙이고 있었다.

"다른 곳에 신경 쓸 정도로 여력이 있는 모양이지?"

설무린은 투귀가 뒤쪽을 바라보고 침울해하는 것을 보고 말했다. 투귀는 아무런 대꾸도 하지 못했다.

일이 어쩌다가 이리된 것인지 모르겠다.

'망할 연놈이 개입하는 바람에 이게 무슨……'

혈뢰기를 회수하기 위해 이 먼 곳까지 용비강을 뒤쫓아왔다. 결국 이렇게 그를 잡아냈거늘 또다시 귀찮은 일이 벌어졌다.

이대로 가다가는 싸움은 필패.

믿기 어렵지만 이 셋을 감당하기엔 자신들만으로는 역부족이었다.

그리고 그건 우두머리 노인 또한 같은 생각이었다.

'우리 귀살각(鬼殺閣)만으로는 부족하단 말인가…….'

귀살각은 마교 휘하에 있는 곳으로 지금 나타난 다섯 명의 인물이 바로 그곳의 수좌들이었다.

그리고 노인이 바로 귀살각주 묵소륵(默紹勒)이었다.

묵소륵은 혈교가 마교에 패했을 때 그들의 수하로 들어간 대표적인 인물 중 하나다.

예전 동료였던 자들이 배신자라 부르며 힐책했지만 상관없었다.

무너져 버린 혈교를 다시 일으켜 세우는 것 따위는 묵소륵에게는 관심 밖의 일이었다.

비록 마교에 귀속되기는 했으나 묵소륵은 엄밀히 따지면 외인(朲人)이다. 그랬기에 그는 더욱더 마교를 위해 뭔가 해내 자신의 입지를 확고히 하려 했다.

마교 또한 혈교가 다시금 모습을 드러내는 걸 그리 바라지 않고 있었다. 그리고 그로부터 이십 년가량이 지난 지금 혈교의 교주와 후계자에게만 내려온다는 혈뢰기의 움직임을 잡아낸 것이다.

어떻게든 귀살각의 힘만으로 해보려고 했지만…….

'놈들을 불러야겠군.'

근방에 이십 명에 달하는 고수들이 적당한 거리를 벌리고 기척을 감추고 있다.

신호만 보낸다면 그들은 기다렸다는 듯이 이곳으로 단숨에 달려올 것이다.

그리된다면 대부분의 공을 귀살각으로 돌리는 것은 무리일지 모르지만 실패하는 것보다는 백배는 낫다.

묵소륵은 북설의 공격을 피하면서 뒤로 거리를 벌렸다.

그리고는 품 안에 있는 신호탄을 꺼내서 하늘을 향해 쏘아 올렸다.

하늘로 쏘아진 신호탄이 터져 나가면서 하얀색 연기가 허공에서 흩어졌다. 바보가 아니라면 그러한 행동이 의미하는 것이 무엇인지 모를 리가 없다.

하늘에서 흩어지는 연기를 보면서 설무린이 묵소륵을 노려보며 말했다.

"동료가 있었군!"

워낙 멀리 떨어져 있는 탓에 알아차리지 못했었다.

백 장이 넘을 정도로 먼 곳에서 그들은 몸을 감추고 있었던 것이다.

묵소륵의 입가에 차가운 미소가 걸렸다. 그가 유쾌한 어투로 말을 꺼냈다.

"네놈들을 죽이고 반드시 혈뢰기를 회수해야 하거든."

묵소륵이 쏘아 올린 신호탄이 사방으로 퍼지기가 무섭게 많은 수의 무인들이 이곳을 향해 달려오기 시작했다.

거리가 제법 있었지만 무공을 익힌 자들답게 다가오는 것은 순식간이었다.

스무 명가량의 자들이 모습을 드러내더니 일행을 에워쌌다.

묵소륵은 용비강을 가리키며 소리쳤다.

"저놈이 비급을 지니고 있는 놈이다! 아직 비급이 어디 있는지 모르는 상황이니 죽여서는 안 된다. 그리고 나머지 저 둘은 죽여라."

목소륵이 말을 끝내기가 무섭게 스무 명에 달하는 마교의 무인들이 병기를 뽑아 들었다.

차앙!

동시에 터져 나오는 쇳소리에 소름이 돋는다.

순식간에 마공의 영향으로 주변이 살기로 가득 찼다.

갑작스러운 마교 무인들의 등장에 설무린은 허리에 차고 있던 검을 뽑았다.

아까까지만 해도 여유가 있었지만 이제는 아니다.

이곳에 있는 자들은 전부 마교의 정예 무사들이다. 방심하다가는 사단이 날지도 모른다.

묵소륵이 설무린을 바라보면서 말했다.

"항복하는 것이 어떠냐. 그럼 고통스럽지 않게 보내줄 수 있는데 말이야."

"눈물나게 고맙군."

설무린이 이죽거렸다.

비록 상대의 수가 많아졌다고는 하지만 질 거라는 생각은 들지 않는다. 그만큼 설무린은 자신의 검을 믿었다. 그리고 북해의 무공을 믿었다.

'까다롭기는 하겠지만…… 내 상대는 아니야.'

혈뢰기가 무엇인지는 정확히 모르겠지만 그것이 보통 것이 아니라는 걸 설무린은 알아차렸다. 그렇지 않았다면 이 같은 고수들이 사활을 걸고 검을 들이대지는 않았을 게다.

궁금한 게 몇 가지 있었지만 이야기를 듣기 위해서는 먼저 해야 할 일이 있었다.

"어이, 몇 가지 묻고 싶은 게 있으니까 서둘러 정리하자고."

"이럴 때 그런 말이 입 밖으로 나오냐?"

너무나 담담하게 말을 내뱉는 설무린을 보며 용비강이 기가 차다는 표정을 지었다. 그렇지만 설무린은 그저 가벼운 미소만 지을 뿐 아무런 대꾸도 하지 않았다.

들고 있는 검에 하얀 냉기의 막이 형성된다.

잠시 멈춰 있는 틈을 이용해 북설이 빠르게 설무린의 곁으로 돌아왔다.

그녀는 급히 설무린을 등지고 섰다.

뒤쪽에 있는 자들의 공격을 자기가 맡겠다는 소리다. 정말로 그림자인 듯이 뒤쪽에 바짝 붙어 있는 북설 덕분에 설무린의 마음이 자기도 모르게 가벼워졌다.

유쾌하다.

왜인지는 모르겠지만 마음이 들떴다.

"후후, 왠지 소림 전체와 싸워도 지지 않을 것 같은 기분이로군."

"……?"

알 수 없는 설무린의 말에 북설이 이상하단 눈으로 바라보기는 했지만 그뿐이었다.

홀로 떨어져 있던 용비강도 급히 둘이 있는 쪽으로 합류했다.

일행 주위로 마교의 고수들이 즐비해 있었지만 셋 중 그 누구의 얼굴 표정 하나 변하지 않았다.

설무린이 다가온 용비강에게 말했다.

"무슨 일인지 모르지만 너 때문에 이렇게 휘말렸으니 나중에 대가를 톡톡히 치르라고. 술 한두 잔으로 끝날 문제가 아니다, 이건."

그의 말에 용비강은 이 같은 긴장된 상황 속에서도 웃음을 참지 못했다.

"하하하! 처음 봤을 때부터 생각했지만 너라는 놈 마음에 든다. 이런 상황에서 그런 말을 할 수 있는 용기는 대체 어디서 나오는 건지 모르겠군. 넌 지금 이곳에서 살아 나갈 수 있다고 생각하는 거냐?"

"당연한 걸 묻는군!"

설무린은 생각할 것도 없다는 듯 소리치더니 이내 말을 이었다.

"날 이길 수 있는 사람은 세상에 단둘뿐이거든."

"무림 맹주와 마교 교주?"

"아니, 아버지와 북해라고 불리던 나의 스승."

북해라는 말에 설무린을 등지고 있던 북설이 슬쩍 고개를 돌려 그의 얼굴을 바라봤다. 설무린이 북해를 스승이라 생각하고 있을 줄은 몰랐다.

그렇지만 그 말에 왠지 모르게 기분이 좋았다.

서로 몸을 맞댄 채로 몇 마디 나누기가 무섭게 묵소륵이 말을 끊었다.

"지금 그리 한가로이 이야기할 여유가 없을 텐데?"

"그건 당신 착각이고."

"뭐야?"

설무린의 간단한 반박에 묵소륵이 일순 할 말을 잃어버렸다. 잔뜩 긴장해 있어야 할 자들이 이처럼 태연하다는 사실이 심기를 건드린다.

'혹시……'

상대는 북해빙궁의 소궁주다.

생각해 보니 그런 자가 계집 하나를 호위로 두고 돌아다닌다는 것이 이상하다. 근방에 북해빙궁의 무인들이 있을지도 모른다는 생각이 뒤늦게 든 것이다.

북해빙궁은 새외에 있기에 마교와 거의 교류가 없는 곳이다.

그들에 대한 이야기들이 전설처럼 들려오기는 하지만 실제로 북해빙궁의 무공을 견식한 자는 마교 전체를 뒤져도 전무하다.

소문이니 과장이 있을지는 모르지만 북해빙궁을 비롯한 새외삼궁이 힘을 합친다면 천하를 뒤집고도 남는다고 할 정도다.

어느 정도 과장은 있겠지만 전부 거짓은 아닐 게다.

그런 북해빙궁의 무인들이 지켜주고 있다면 설무린이 지금처럼 여유있는 것이 이해가 간다.

하지만 문제는 아무런 기척도 느껴지지 않는다는 것.

'무슨 사정이 있어서 그들과 잠시 떨어져 있는 모양이로군!'

묵소륵은 자기 멋대로 판단하고 잠시 가졌던 걱정을 모두 날려 버렸다.

그는 자신 가득한 표정으로 손을 들어 올렸다.

묵소륵의 수신호에 무인들은 자신의 병기를 앞으로 겨누었다. 그들은 마교 정예의 무인납게 일사불란(一絲不亂)한 움직임을 취했다.

묵소륵이 비웃음 섞인 어투로 말했다.

"제법 말솜씨가 있군. 그럼 그 잘난 혀를 뽑으면 어찌 될지

한번 볼까?"

"마교 전체가 온다고 해도 내 혀는 뽑아가지 못할걸."

"방자한 놈!"

묵소륵이 발을 구르자 동시에 마교 무인들이 세 명을 기습해 들어갔다.

사방에서 병기들이 차가운 이빨을 들이밀었다.

셋 또한 달려드는 마교 무인들을 향해 자신의 검을 휘둘렀다.

막 날아드는 검을 피해내면서 반격을 가하려던 설무린은 귓가에 들리는 바람 소리에 급히 옆으로 몸을 뺐다. 그리고 방금 전까지 설무린이 있던 공간을 붉은색 채찍이 치고 지나갔다.

차악!

피하기는 했지만 교묘하게 마교 무인들의 허리 틈 사이로 채찍이 날아드는 바람에 치명상을 입을 뻔한 순간이었다.

설무린의 시선이 채찍이 날아든 방향으로 향했다.

그곳에서는 곱사등이 노인이 혈영편이라 불리는 자신의 채찍을 들고 있었다.

막 곱사등이 노인을 향해 달려들려고 했지만 다른 마교의 무인들이 설무린의 앞을 막아섰다.

설무린은 짜증이 와락 치밀어 손바닥을 앞으로 내밀면서 소리쳤다.

“비켜!”

촤라락!

냉기가 사방으로 확 퍼지기가 무섭게 낙뢰가 쏟아졌다. 마교의 무인들은 그 장력을 피하기 위해 옆으로 거리를 벌렸고, 그들이 움직이면서 생긴 작은 틈새로 설무린은 손가락을 뻗었다.

민첩하면서도 너무나 은밀하게 이루어진 공격이었다.

피잉!

“커윽!”

화살처럼 쏘아진 한음지(寒陰指)가 곱사등이 노인의 오른쪽 손목을 날려 버렸다. 잘려져 버린 손이 혈영편과 함께 땅으로 떨어졌다.

고통으로 인해 곱사등이 노인의 안색이 파랗다 못해 거멓게 변해 버렸다.

“이놈이!”

묵소륵은 분노한 외침과 함께 용비강으로 향하던 자신의 검의 방향을 급히 선회했다.

무지막지한 검풍이 몰아치며 검에서 쏟아져 나오는 힘이 설무린을 압박해 들어왔다.

채엥!

설무린과 묵소륵은 검을 맞댄 채로 서로의 눈을 노려봤다.

“애송이가!”

파앙!

강하게 검을 밀어낸 묵소륵이 재차 검을 휘두를 때 이미 설무린 또한 기다렸다는 듯이 설풍수라마검을 펼쳤다.

위에서 아래로 떨어져 내리는 설풍수라마검의 두 번째 초식인 설풍낙뢰(雪風落雷)의 초식에 묵소륵은 검을 거두고 뒤로 물러서야만 했다.

뒤로 물러선 그가 이를 갈았다.

투귀는 무릎이 박살 나서 제대로 거동도 하지 못하고 있고, 곱사등이 노인은 병기를 들고 있던 오른손이 날아갔다. 그것이 모두 눈앞에 있는 설무린이 벌인 일이다.

북해빙궁 소궁주라는 작자에 대한 소문을 들었다.

이름이 설무린이라는 것과 결혼할 여자를 찾기 위해 중원에 나타났다는 소문이 이미 파다하게 퍼졌다.

북해빙궁과 엮일 일이 없다고 판단해 가벼이 흘려듣기도 했지만 내심 한심한 놈일 거라고 생각했다.

행동하는 꼬락서니가 우습지 않은가.

장가갈 여자 하나 구하겠다며 그 먼 북해에서 이곳까지 오는 한심한 사내놈이다. 그런데 막상 마주하게 된 설무린은 묵소륵이 생각한 것과는 한참이나 거리가 먼 자였다.

자신감 넘치는 모습, 무인으로서 부족함없는 강인함까지 가득하다.

그렇다고 해서 외향에 문제가 있는 것 또한 결단코 아니다.

이런 자가 왜 배필이 될 여인을 구하겠다고 중원으로 나섰는지 이해가 되지 않았다.

상념은 잠시, 이내 묵소륵은 앞에 있는 설무린을 매섭게 노려봤다.

서둘러 한 명씩 제압하는 것이 최선의 선택이다.

믿기 어렵게도 이곳에 있는 셋 모두 나이에 맞지 않는 경지에 오른 상태다.

'귀찮아지기 전에 끝내야겠군.'

묵소륵은 흥분했던 머리를 식히며 냉정하게 상황을 판단하기 시작했다.

지금 가장 중요한 것은 역시 용비강을 붙잡는 것이다. 나머지 둘은 그 후에 처리해도 늦지 않다.

묵소륵이 손을 들어 올리며 용비강을 가리키자 싸움에 한창이던 와중에도 마교의 무인들은 용케도 그가 무슨 말을 하려는지 알아차렸다.

세 곳으로 나뉘어졌던 자들이 전부 용비강을 향해 몸을 돌렸다. 그리고 처음 이곳에 나타났던 다섯 명 중에서 몸이 성한 세 명이 설무린과 북설을 막아섰다.

"어딜 가려고? 네놈은 다음 차례니까 기다려라."

"거참 지독한 영감이군."

용비강에게 향하는 마교의 무인들을 잡아내려던 설무린은 묵소륵이 자신을 막아서자 혀를 차면서 말했다. 그러면서도 그는 곁눈질로 상황을 살피는 것을 잊지 않았다.

북설의 앞을 중년의 두 사내가 막아선 상태다.

싸워서 이기는 건 어렵지 않겠지만 그래도 그때까지 용비강이 버텨줄 수 있을지가 의문이다.

비록 용비강 또한 제법 무공을 익힌 것 같기는 하지만 상대의 실력도 그렇고 숫자도 꽤나 많다. 설무린은 당장이라도 묵소록에게 달려들 것처럼 옆으로 발을 옮기며 은근슬쩍 용비강에게 전음을 날렸다.

"최대한 빨리 끝내고 도와줄 테니까 버티고 있어."

대답을 기다린 것이 아니었거늘 날아든 용비강의 전음이 설무린의 발을 붙잡았다.

"이쪽은 문제없어. 나한테는 지지 않을 방도가 있거든. 대신 그 후에 한동안 제대로 싸우기도 힘드니까 나머지는 둘이서 해결해 줘."

용비강의 전음을 듣고 나서 설무린은 잠시 어떻게 해야 하나 망설였다.

그의 말이 거짓처럼 들리지는 않는다. 분명 무엇인가 생각하는 것이 있는 모양인데…….

설무린은 용비강에 대해서 아는 것이 없다.

하지만 이 같은 상황에서 장난이나 칠 정도로 멍청이가 아니라는 건 안다.

"에이, 망할."

귀찮은 일에 휘말렸다는 생각에 설무린은 가볍게 욕설을 내뱉으면서 오히려 용비강을 향해 묵소륵이 달려들 수 있을 만한 길을 막아섰다.

짜증난다는 듯이 행동은 하고 있지만 검을 든 설무린의 눈동자는 생기로 가득했다.

얼마 전부터 계속해서 홀로 자신의 검을 점검해야만 했다. 머릿속으로 수천 번이 넘게 누군가와 싸웠고, 검을 들어도 허공에 가상의 적을 만들고 휘둘러야만 했다.

그랬기에 오히려 지금 같은 일이 설무린에게는 자신의 검을 시험할 수 있는 기회가 되는 셈이다.

우우웅!

검이 묘한 소리와 함께 떨려오기 시작했다. 그리고 묵직하게 느껴지는 손목.

설무린이 들뜬 목소리로 말했다.

"거기 서 있지 말고 빨리 한판 붙자."

도발적인 언사, 그렇지만 그러한 행동 하나하나가 너무나 몸에 잘 묻어나는 사내가 바로 설무린이다. 그러한 행동이 현재 상황이 마음에 들지 않는 묵소륵에게는 당연히 불쾌하게 여겨졌다.

묵소륵의 목소리에는 짙은 살기가 묻어 나왔다.

"언제까지 그리 떠들 수 있을지 보자!"

신형이 흐려지는 듯싶더니 손에 들린 검에서 벼락같이 검기가 쏟아졌다.

설무린의 몸 주위에 검막이 형성되면서 날아드는 검기를 받아냈다. 고수들의 싸움답게 한 번 한 번이 승패를 가를 정도로 위력적이다.

묵소륵과 설무린이 맞대결을 펼칠 무렵, 북설 또한 홀로 두 명의 중년인과 맞대결을 펼치고 있었다. 둘은 매섭게 북설을 몰아쳤지만 그녀의 재빠른 움직임은 중년인들의 검을 허공에서 맴돌게 만들었다.

두 패거리의 싸움은 치열했다.

묵소륵은 당장에 끝내기라도 할 것처럼 몰아붙였지만 설무린의 방어가 너무나 탄탄했다.

어쩌다가 빈틈이 보여 파고들기라도 하면 기다렸다는 듯이 기기묘묘한 검이 날아든다.

그래서 생겨난 상처가 수십 개.

온몸에 자잘한 상처가 생겨나며 점점 묵소륵 자신이 밀려나기 시작했다.

그런데 상대인 설무린은 여전히 태연하다.

마치 사냥을 하듯 묵소륵을 구석으로 몰아붙이고 있었다.

분에 찬 묵소륵이 용비강을 상대하고 있는 자들을 향해 버럭 소리를 내질렀다.

"이 한심한 새끼들아, 뭐 하는 거야! 빨리 놈을 잡고 합류하란 말이다!"

그때였다.

소리를 지르며 용비강이 있는 쪽을 바라봤던 묵소륵에게 뭔가 알 수 없는 기운이 확 하니 몰아들었다. 동시에 묵소륵의 안색이 딱딱하게 굳었다.

불안한 기분이 엄습해 왔다.

그리고 예상은 적중했다.

주변에 있는 모든 것들이 용비강의 몸으로 빨려 들어간다는 느낌을 받는 것과 동시에 그의 주변이 울렁거리기 시작했다.

동시에 거짓말처럼 솟구쳐 오르는 붉은색의 강기.

피를 머금은 것마냥 넘실거리는 강기를 보는 순간 묵소륵은 당황했다.

저 무공의 정체가 무엇인지 알 수 있었기 때문이다.

"피, 피햇!"

급하게 소리쳤지만 이미 때가 늦은 후였다.

붉은 강기가 퍼져 나가며 주변에 있는 자들을 단숨에 쓸어버렸다.

붉은색의 강기가 벼락처럼 사방으로 쏟아졌다.

콰콰쾅!

엄청난 후폭풍에 묵소륵은 손을 들어 올려 눈을 가렸다.

사방으로 먼지와 돌들이 흩날렸다.

"젠장!"

묵소륵이 거칠게 소리치면서 급히 수하들이 있던 곳을 바라봤다.

서 있는 자는 없었다.

유일하게 모습을 보이고 있는 자는 용비강뿐이었다.

운 좋게 반대편에 있어 목숨을 부지한 투귀가 주저앉은 채 중얼거렸다.

"혀, 혈뢰기다!"

혈교 최고의 무공이 눈앞에서 펼쳐진 것이다.

그리고 혈교 최고의 무공이라는 이름에 걸맞게 그 위력 또한 어마어마했다. 단숨에 주변을 에워싸고 있던 마교의 무인 스무 명을 단숨에 도륙했다.

그 순간 홀로 서 있던 용비강이 주춤하면서 무릎을 꿇었다.

설무린 또한 잠시 그쪽으로 마음을 빼앗기고 있다가 그제 야 아까 용비강이 전음으로 했던 말을 떠올렸다.

'후후! 방법이 이거였나 보군.'

놀라지 않았다면 거짓말일 게다.

지금 용비강이 펼친 무공의 위력은 말로 표현하기 힘들 정도로 강렬했다. 그리고 투귀의 외침 덕분에 이것이 혈뢰기라는 무공이라는 것도 알았다.

거기다가 지금 용비강은 더 이상 싸우기 힘든 상태라는 것도 알았다.

남은 자들이라고는 처음 이곳에 나타났던 다섯이 전부.

개중에서 제대로 싸울 수 있는 자는 셋뿐이다.

투귀는 무릎이 완전히 나갔으니 움직이는 것은 무리고, 곱사등이 노인은 오른쪽 손 자체가 아예 날아갔다.

설무린이 용비강에게 달려들지 못하게 묵소륵의 앞길을 슬쩍 막았지만 그러한 사실도 모를 정도로 그는 당황한 상태였다.

혈뢰기 탓이다.

그리고 그같이 혼란에 빠진 것은 묵소륵뿐만이 아니었다. 생존자 모두가 넋을 잃은 채 아무런 말도 하지 못하는 상태에 빠진 것이다.

"혈뢰기가 다시 나타나다니…… 맙소사!"

혈뢰기라는 무공은 단지 강하다는 것에 의미가 있는 것이 아니다.

혈뢰기야말로 혈교의 자부심을 표출하는 무공이다.

이십여 년 전 벌어진 마교와의 싸움으로 인해 크게 성세가 기운 혈교는 뿔뿔이 흩어졌다.

그들은 다시금 힘을 하나로 합치려고 했지만 어려운 일이었다. 그건 바로 혈교라는 이름으로 그들을 집결시킬 명분이 없었기 때문이나.

혈뢰기는 그러한 혈교가 다시 힘을 합칠 수 있는 구심점이 될 수 있었다. 그랬기에 마교 쪽에서도 은밀히 혈뢰기를 회수하려고 한 것이다.

그러다가 혈뢰기의 비급을 손에 넣은 자에 대한 소문이 마교에 새어 들어왔다. 용비강이라는 자가 혈뢰기의 비급을 지니고 있다고 말이다.

무섭게 뒤를 쫓았고 몇 차례나 궁지에 몰아넣었지만 용비강이라는 자는 용케도 매번 마교의 덫을 피해 나갔다.

더는 시간이 없다고 판단해 직접 수뇌부들이 나섰거늘…….

'이놈이 설마!'

혈교 교주는 죽었지만 유일한 아들의 시신은 발견되지 않았다.

근방에 천라지망(天羅之網)을 펼치면서까지 흔적은 찾았지만 딱히 뭔가를 발견해 내지 못했기에 그냥 죽었다고 답을 내렸었다.

혈뢰기는 아무나 익힐 수 있는 무공이 아니다.

그것은 어릴 적부터 혈천반뇌심공(血天返惱心功)을 익혀야만 가능하다.

딱딱하게 굳은 표정으로 묵소륵은 멀리 쓰러져 있는 용비강을 바라봤다.

혈뢰기를 썼다는 말은 곧 혈천반뇌심공을 익혔다는 것. 그리고 혈천반뇌심공은 가주의 직계가 아니고서는 익힐 수 없는 심공이었다.

"소교주가 살아 있었군…… 큭! 크하하!"

묵소륵이 미친 듯이 웃기 시작했다.

그의 목소리는 워낙 컸기에 다른 이들 모두 묵소륵의 말을 들을 수 있었다.

애초에 그들 또한 비슷한 생각을 하고 있었던지라 크게 놀라지는 않았지만 동요하는 기색이 역력했다.

잠시 광소를 터뜨리던 묵소륵이 검을 다시금 강하게 움켜잡았다.

반드시 죽여야 할 이유가 생겼다.

혈뢰기를 회수한 것뿐만이 아니라 소교주까지 죽인다면 마교에서 귀살각이라는 이름이 지니는 무게는 확 하니 올라갈 게다.

문제는 앞에 있는 둘.

이 둘을 쓰러뜨려야 한다는 거다.

묵소륵은 바보가 아니다.

인정하기 싫지만 세 명이 달려들어 이 둘을 이길 수 있을 것 같지 않다.

쓰러져 있는 두 노인이 멀쩡하면 모를까 지금으로는 절대 무리다.

그는 빠르게 답을 내렸다.

'놈들을 이용하는 수밖에.'

부상을 입은 두 노인이 일시적인 시간만 벌어주면 된다. 한 명은 발에 부상을 입었지만 손을 쓸 수 있고, 또 하나는 오른 손을 쓸 수 없었지만 움직이는 건 무리가 없다.

거기에 중년인 둘.

네 명을 버릴 생각인 것이다.

'큭큭! 날 위해 네놈들이 희생하는 수밖에.'

넷이 시간을 끄는 동안 자신이 쓰러져 있는 용비강을 업고 도주한다. 적당히 시간만 벌어준다면 둘이 쫓아올 수 없는 곳까지 도망가는 것은 일도 아니다.

답을 내린 묵소륵은 넷에게 전음을 날렸다.

투귀와 중년인 하나에게 설무린을 맡으라고 했고, 곱사등이 노인과 다른 중년인에게는 북설을 상대하라 했다.

용비강의 체력이 완전히 소진된 지금 그를 제압해야 한다.

묵소륵의 명령을 받은 투귀가 앉아 있는 상태에서 주먹을 휘둘렀다.

거리가 제법 멀었지만 고수답게 그의 주먹에서는 권풍이 몰아쳤다.

후웅!

밀려드는 권풍이 설무린을 뒤덮으려 들었다. 동시에 중년인 하나가 설무린을 향해 몸을 날렸다. 옆쪽에 있는 북설 또한 매한가지의 상황에 직면했다.

'지금!'

지금이라면 자신의 움직임을 잡을 수 없다고 생각한 묵소륵이 빠르게 용비강을 향해 몸을 날렸다.

막 묵소륵의 손이 용비강의 손목을 잡아채려는 순간,

퍼퍼퍽!

"커억……!"

무엇인가가 사정없이 자신의 몸을 관통하면서 지나갔다. 묵소륵은 자신의 가슴을 내려다봤다.

다섯 개가량의 구멍이 가슴 부분에 손가락 크기로 나버린 것이다.

'어째서 이런…….'

분명 수하 넷이 둘에게 공격을 쏟아 부었다.

그것을 막아내지 않고서는 자신에게 공격을 가할 수 없는 상황이었다. 자신의 몸으로 두 개의 공격을 받아낼 생각이라면 모를까.

묵소륵은 심장에 구멍이 뚫려 그대로 쓰러지며 숨을 거뒀다.

뒤를 돌아볼 힘도 남지 않은 것이 묵소륵에게는 오히려 천운이었다.

뒤쪽에서 벌어진 상황을 만약 보았다면 그는 눈을 감지 못했을지도 모른다.

두려가 떨리는 목소리도 밀했다.

"네, 네놈이 왜……."

설무린을 공격해 들어가던 중년의 사내가 갑자기 몸을 비틀더니 날아드는 검풍을 검으로 쳐냈다. 그랬기에 설무린은 그 틈을 이용해 묵소륵에게 지풍을 날렸던 것이다.

중년의 사내는 검을 천천히 내리면서 투귀가 있는 방향으로 침을 내뱉었다.

"퉤! 더러운 배신자 놈. 혈교를 버린 것으로 모자라 소교주님까지 죽이려 들어?"

"설마 손연중(孫連仲) 너 이 새끼, 우릴 배신할 셈이냐!"

"닥쳐라! 배신한 것은 네놈들이 아니더냐! 어디 그 더러운 입으로 배신 운운할 수 있는 것이냐?"

손연중이라 불리는 중년의 사내가 버럭 소리를 질렀다. 손연중의 외침에 일순 투귀는 아무런 말도 하지 못했다.

당황한 투귀를 향해 손연중이 이를 갈며 말했다.

"혈야(血夜)의 명령만 없었다면 네놈들을 씹어 먹어도 예전에 씹어 먹었다, 이놈!"

"혀, 혈야가 살아 있었단 말이냐? 그럼 손연중 너는 혈야의 명 때문에 일부러……."

"그렇다, 이놈!"

손연중은 애초부터 혈야라는 자가 심어둔 간자였던 것이다.

마교의 스무 명이 죽고 나서 설무린과 마주했을 때 손연중은 은밀히 설무린에게 전음을 보냈다.

손연중은 묵소륵에게 전음을 받고 나서 그가 자신들을 이용해서 시간을 끈 후에 용비강을 데리고 사라지려는 계책임을 알아차렸다.

그랬기에 빠르게 설무린에게 전음을 보냈고 날아드는 투귀의 권풍을 검으로 막아줬다.

투귀를 향해 고함을 쳤던 손연중이 몸을 돌려 이번에는 설무린에게 포권을 취했다.

손연중은 설무린에게 전음을 날린 후에 내심 걱정했다.

아무리 말을 했다 하지만 지금까지 상대로 싸워왔던 터다. 거짓말이라 생각하고 믿지 않았다면 일이 틀어졌을 공산이 컸다. 다행히 설무린은 손연중의 바람대로 망설이지 않고 몸을 돌려 달려가는 묵소륵을 공격했다.

덕분에 너무도 쉽게 묵소륵을 제압할 수 있었다.

"나를 믿어줘서 고맙네."

"거짓말이라도 상관없었어. 어차피 둘이 공격해 왔어도 피할 방책은 있었으니까."

대수롭지 않게 설무린이 대꾸했다.

지금 설무린이 한 말이 사실인지 아닌지는 모르겠지만 이 한 번으로 싸움은 끝났다고 해도 과언이 아니게 되어버렸다.

상대는 셋. 그렇지만 셋 중에서 멀쩡한 상태인 건 단 한 명뿐.

싸움은 끝났다.

第六章
종남파(終南派)

묵소륵까지 쓰러지자 싸움은 일방적으로 끝났다. 두 명의 노인과 중년의 사내를 손연중은 죽이지 않았다. 손연중은 그들이 아직 쓸 데가 있다면서 점혈만 해두었다.

손연중이 그같이 일을 정리하고 있을 때 설무린은 터벅터벅 용비강이 있는 쪽으로 걸어갔다.

여전히 용비강은 쓰러진 곳에서 미동도 하지 않고 있었다.

"어이."

설무린은 용비강을 내려다보면서 그를 불렀다.

대답 못할 것 같았던 용비강의 입에서 자그마한 목소리가 흘러나왔다.

"흐흐."

괴상쩍은 웃음을 억지로 흘리는 용비강의 목소리에는 힘이 없었다.

설무린이 그런 용비강에게 물었다.

"일어날 힘도 없나?"

"…조금 무리."

혈뢰기를 방출하면서 몸 안에 있는 모든 내력을 쥐어짠 상태라 말을 하는 것조차 버거운 상태였다.

설무린은 슬쩍 용비강의 등에 손을 얹어서 내공을 움직여 줬다.

그러자 용비강은 기다렸다는 듯이 운기를 시작했다.

엎어진 채로 운기행공을 하는 용비강을 보면서 설무린은 픽 하고 웃었다.

그 꼬락서니가 너무나 우스웠던 탓이다.

"꼭 패대기쳐진 개구리 같군."

"킥!"

그 말에 옆에 있던 북설이 순간 웃음을 참지 못했다. 자신도 모르게 웃음을 흘린 북설은 화들짝 놀라 자신의 입을 손으로 틀어막곤 붉어진 얼굴로 급히 고개를 옆으로 돌렸다.

설무린은 그런 북설에게 시선을 던졌다가 다시금 용비강을 바라보며 중얼거렸다.

"굳이 숨기지 않아도 된다니까."

"죄송합니다."

몇 번이나 들은 말이지만 그게 쉽지가 않은 모양이다. 북설은 언제나처럼 죄송하다며 고개를 숙일 따름이었다.

아직 깊은 밤이었지만 잠이 전혀 오지 않는다. 하기야 그 같은 싸움을 벌이고도 무신경하게 잠을 잘 수 있는 사람이 어디 있겠는가.

분명 그리 생각했거늘…….

손연중은 옆에 편안히 누워서 잠을 자고 있는 설무린을 신기하다는 눈으로 바라봤다.

북해빙궁의 소궁주라는 것 외에는 그에 대해 아는 것이 없었다. 그런데 방금 전 싸움에서 한 가지 사실을 알았다, 설무린이라는 자가 강하다는 것을.

설무린의 바로 옆에는 북설이 앉아 있었다. 그녀는 설무린과는 다르게 잠을 자지 않고 있었다.

걸터앉은 자세로 어깨에는 검을 비스듬히 세워놨다. 그리고 손은 손잡이에 착 달라붙어 있었다.

언제 어느 때 빠르게 움직이기 위해서다.

북설의 눈이 손연중에게서 쉽게 떨어지지 않는다.

저처럼 아름다운 여인에게서 이같이 뜨거운 시선을 받는다는 게 유쾌한 일일 수도 있겠지만 지금의 손연중에게는 그렇지 않았다.

북설의 눈이 왜 그리 자신에게로 향해 있는지 아는 탓이다.

'거참……'

방금 전까지 적이었던 손연중을 감시하는 게다.

그 증거로 손연중이 조금만 꿈틀거려도 북설의 손이 검을 뽑으려 들었던 것이다.

용비강이 정신을 차린 것은 그로부터 반 시진 정도가 흐른 후였다. 죽은 듯이 있던 용비강이 운기가 끝났는지 다소 피곤해 보이는 얼굴로 자리에서 일어났다.

자리에서 일어난 용비강은 가장 먼저 자신들에게 섞여 있는 손연중을 바라봤다.

비록 쓰러져 있었지만 정신까지 모두 놓았던 것은 아니다.

그랬기에 손연중이 했던 말들도 전부 들은 상태였다.

북설은 용비강이 자리에서 일어나자 자고 있는 설무린에게 말을 걸었다.

"소궁주님, 일어나셨습니다."

북설의 목소리가 귓가에 울리자 설무린이 자리에서 부스스 일어났다.

설무린이 자리에서 일어날 무렵 손연중은 용비강의 앞에 부복하면서 고개를 조아렸다.

"손연중이 소교주님을 뵙습니다."

"일어나시죠."

"옛!"

"혈야가 심어두셨다던데……."

"그렇습니다. 혈교가 붕괴될 때 저는 혈야의 명을 받고 마교에 잠입해 있었습니다."

"할아범이 별짓을 다했군."

용비강이 중얼거렸다.

그때 설무린이 다가왔고, 그런 그를 보며 용비강은 어색한 미소를 지었다. 설무린이 아무렇지 않다는 듯이 웃었다.

"깨어났네? 큭큭. 할 이야기가 제법 많을 것 같은데?"

설무린의 모습에서 불안함을 느꼈는지 용비강은 급히 염두를 굴렸다.

어떻게 이 상황을 벗어날까 고민해 봤지만 딱히 답이 나오지 않았다.

더군다나 설무린이 호락호락 넘어갈 것 같지도 않았다.

용비강은 헛기침을 했다.

"흠흠."

"네놈 참 골칫덩어리로군!"

설무린은 용비강을 향해 궁금했던 말을 쏟아내기 시작했다.

"정말 혈교의 소교주냐?"

"내 아버지가 혈교의 교주였기는 하지. 그러는 너야말로 북해빙궁의 소궁주라며?"

"너처럼 내 아버지가 북해빙궁의 궁주시기는 하지."

"하하! 그렇게 되나?"

용비강의 말을 설무린은 아무렇지도 않게 그대로 따라서 받아쳤다.

설무린은 슬쩍 고개를 돌려 수많은 마교 무인들을 단숨에 쓸어버렸던 장소를 바라보며 물었다.

"방금 네놈이 쓴 무공이 혈뢰기 같은데…… 왜 이런 일이 벌어졌는지 자초지종 좀 설명해 보지?"

"뭐……."

용비강은 어디서부터 말을 꺼내야 할까 잠시 생각하다 이내 이야기를 시작했다.

얘기는 용비강이 아주 어렸을 적으로 거슬러 올라갔다.

용비강이 여덟 살 무렵 혈교는 마교와 싸움이 붙으면서 패망의 길을 걸어야 했다. 혈교는 강했지만 그렇다고 해서 마교의 적수는 아니었다.

교주의 혈육들은 모두 도륙당했지만 유일하게 살아남은 것이 바로 용비강이었다.

그것은 모두 혈야(血夜)의 도움 덕분이었다.

혈야는 전설에 가까운 인물이었다.

그는 전대 교주, 그리고 용비강의 아버지에게까지 무공을 가르친 자다. 그리고 용비강의 사부이기도 했다.

마교와의 싸움이 시작되면서 혈야는 용비강을 빼돌렸고, 또 패한 이후에도 몇몇을 마교의 간자로 심어두기까지 했다.

그로부터 십 년 가까이 용비강의 옆에는 혈야가 있었다. 혈야는 그 십 년 동안 용비강에게 혈교의 무공을 모두 가르쳤다. 그리고 혈뢰기의 구결까지 가르쳐 준 후 급작스럽게 모습을 감추었던 것이다.

혈뢰기를 오성 이상 익힌 후에 어딘가로 찾아오라는 서찰 하나만 남겨둔 채로.

"내가 안휘성에 간다고 했지? 그게 바로 혈야를 만나러 가는 길이었다."

"소교주님, 그런 건……."

"아뇨. 이놈한테는 괜찮습니다."

중요한 사실까지 말하는 것이 아닌가 하여 걱정스럽게 나서는 손연중을 오히려 용비강이 저지했다. 분명 쉽사리 말할 만한 사항은 아니지만 용비강은 굳이 감추려 하지 않았다.

마교와 혈교의 사건을 전혀 몰랐던 설무린이었지만 대충 상황은 알 수 있었다.

손연중은 이 같은 말을 외부인에게 하는 것이 내심 걱정되는 모양이었지만 설무린은 그리 관심을 가지지도 않았다.

마교와 혈교의 관계가 어떠한지 설무린에게는 그리 중요한 관심사가 아니었기 때문이나.

"그보다 앞으로도 이런 놈들을 계속 만나게 되면 귀찮을 것 같은데……."

이번에 만난 자들도 무림에서 쉽사리 만나기 힘든 고수들이었다. 그리고 다음에 다시 한 번 혈뢰기를 노리는 마교의 고수들이 나타난다면 이들보다 더욱 강한 자들일 게 분명했다.

"아마 그럴 일은 없을 걸세."

"뭘 믿고 그리 자신하지?"

"마교 내에서 혈교에 관련된 일을 맡은 것은 바로 귀살각이었네. 물론 귀살각주까지 모두 죽은 마당에 새로이 편성되기는 하겠지만 그 시간이라면 충분히 안휘성 근방에 도달할 수 있을 것이고 말이야."

안휘성에 무엇이 있는지는 모르지만 혈교에 관련된 무엇인가가 있는 게 분명하다. 마치 안휘성에만 도착하면 모든 게 끝날 거라는 듯한 확신이 손연중의 말에서 묻어 나왔다.

설무린이 용비강과 동행한 것은 그가 도움이 될 것 같다는 생각에서였다. 그러다가 오늘 같은 일을 당한 것이고.

어떻게 생각하면 헤어지는 것이 오히려 나을지도 모르지만……

"후후! 잘됐군."

"뭐가 말이냐?"

갑작스럽게 웃는 설무린의 행동을 보며 용비강이 물었다. 설무린은 감추지 않고 속내를 드러냈다.

"요새 종종 이상한 놈들이 기습을 해오곤 해서 말이야. 만약 네가 약했다면 난 이곳에서 너랑 헤어졌겠지만…… 제법 쓸 만한 것 같아서."

"허? 그렇게 되면 오히려 내가 너와 헤어져야 하나 고민해야 하는 건가?"

"그럴 순 없지. 나한테 신세를 졌으니 너도 갚아야지. 너, 은혜도 모르는 불한당은 아니겠지?"

웃으면서 말하는 설무린의 어투에는 왠지 모를 강압스러운 기운이 담겨 있었다. 그리고 애초부터 말은 그리했지만 용비강 또한 설무린과 헤어질 생각이 없었던 게 사실이다.

용비강 또한 설무린과 북설 정도의 실력자라면 혹여 무슨 일이 있다 해도 도움이 될 거라는 판단을 내린 탓이었다.

"그런데…… 북해빙궁의 소궁주가 왜 이곳까지 왔냐?"

"아내를 구하러 왔지."

"아내를 구하러 왔다고? 푸하하! 그게 정말이냐?"

설무린의 말에 용비강이 크게 웃음을 터뜨렸다. 고개까지 뒤로 젖히며 웃는 용비강을 보며 설무린이 가늘게 눈을 떴다. 마치 독을 품은 뱀을 본 것마냥 용비강이 화들짝 놀라는 시늉을 하며 손사래를 쳤다.

"이봐이봐. 그리 매섭게 노려보지 말라고. 당장 물어뜯기라노 할 기색이군."

"그래도 눈치는 있군."

"처음 봤을 때부터 재미있는 놈이라고 생각은 했지만, 아내를 구하러 이 먼 중원까지 왔다라……."

용비강이 말끝을 흐리면서 설무린을 바라봤다.

"결혼할 여인을 얻기 위해 굳이 중원까지 올 필요가 있었느냐?"

"북해의 여자는 내 취향이 아니라서. 중원에는 놀랄 정도의 미녀가 많다더군. 그래서 중원을 돌고 있지."

"그래? 거참, 독특하군. 하지만 내가 봤을 때…… 네 눈을 충족시켜 줄 미녀가 과연 중원에 있을지 모르겠군."

말을 마치며 용비강은 옆에 있는 북설을 슬쩍 살폈다.

제아무리 넓디넓은 중원이라지만 북설 같은 미인이 과연 있을지 의문이었다.

용비강의 시선이 북설에게 향하고 있는 걸 설무린 또한 알고 있었다.

잠시 북설을 바라보던 용비강이 자신의 턱을 쓰다듬으며 조그맣게 말했다.

"그게 다인가?"

"……?"

"중원에 나온 이유가 그게 전부는 아닌 것 같은데."

말을 마친 용비강이 빙긋 웃었다.

설무린에게 행선지를 들었기 때문이다. 설무린은 강서성에 가야 한다고 했다. 정말로 중원을 돌면서 신붓감을 구하려는 것이라면 목적지가 정해져 있다는 게 다소 이상한 일이었다.

제법 날카로운 질문이었지만 설무린은 당황하지 않았다.

설무린은 여전히 속을 알 수 없는 미소를 지으면서 대꾸했
다.

"뭐, 이왕 나온 김에 하려는 것들이 있기는 하지만…… 자
세히 알게 되면 내가 널 죽여야 할지도 모르는데 그래도 궁금
해?"

"궁금한 걸 못 참기는 하지만 그래도 목숨이 달린 일이라
면 이야기는 다르지."

용비강이 넉살 좋게 넘겼다.

말 못할 사정 하나쯤은 가지는 것이 무인이 아니던가. 더군
다나 더 캐물었다가는 정말로 죽이려고 달려들 것만 같았기
에 용비강은 입을 다물었다.

섬서성의 성도인 서안(西安)은 예로부터 많은 명승고적(名
勝古蹟)을 소유한 도시다. 그랬기에 수많은 학자들과 방랑객
들의 발이 끊이지 않는 곳이기도 했다.

섬서성을 지나 호북성으로 향하는 설무린 일행 또한 서안
에 도달했다.

마교의 무리에게 기습받았을 때 잠시 일행에 합류했던 손
인중은 그날 바로 무리에서 떨어졌다.

자신은 할 일이 있다면서 제압해 둔 자들을 데리고 어딘가
로 사라진 것이다.

말하지는 않았지만 마교에 다시금 들어가려는 눈치였다.

아마도 간자로 마교에 어렵게 자리한 지금 훗날을 위해서
라도 원래의 자리로 돌아가려는 듯했다.

그날 이후 일행은 특별한 방해 없이 순탄하게 이곳까지 도
달할 수 있었다.

서안의 입구에 도착해서 안으로 들어가기 위해 기다리던
북설의 눈에 무인들이 들어왔다. 무인들은 입구 옆쪽에 서서
안으로 들어가는 사람들을 곁눈질로 일일이 확인하고 있었
다.

"소궁주님."

북설이 그것을 발견하고는 설무린에게 말을 걸더니 고개
로 그쪽을 가리켰다.

마침 무인들을 발견했던 설무린은 잠시 그들의 위아래를
훑었다. 그러더니 이내 걱정할 것 없다는 듯이 말했다.

"딱 보아하니 명문정파의 자들이군. 별로 신경 안 써도 될
것 같은데."

한눈에 봐도 알 수 있을 정도로 그들의 행색은 명문정파의
인물들로 보였다. 그것도 제법 작지 않은 문파의 무인들이 분
명했다.

제법 안광이 깊숙이 갈무리된 것이 적정 수준 이상의 경지
에 오른 무인이라는 소리다.

그들은 누굴 찾는 모양인지 손에 들린 종이와 지나가는 사
람들의 얼굴을 연신 비교하고 있었다. 하지만 혈교의 소교주

라는 신분 때문인지 용비강은 내심 움찔하면서 최대한 얼굴을 가리려고 했다.

"너, 혹시 정파 쪽에 지은 죄라도 있냐?"

"내 입장에서야 없다고 생각하는데 저쪽에서야 모르는 일이지."

"하여튼."

그도 그럴 거라고 생각한 설무린은 최대한 빠르게 입구를 지나쳐 갔다.

아니길 바랐거늘 종이를 들고 있던 그들이 갑자기 놀란 눈으로 일행을 바라봤다.

'젠장.'

시끄러운 일에 휘말리지 않으려고 설무린은 빠른 걸음으로 걸어나갔다. 그리고 뒤에 있던 무인들 중 두 명이 빠르게 뒤로 따라붙었다.

적당한 거리를 유지한 채 쫓아오는 두 명 때문에 설무린이 다소 짜증스러운 목소리로 용비강에게 말했다.

"네가 알아서 해."

"후……."

귀찮게 됐다는 듯 고개를 절레절레 지었던 용비강이 좁은 길로 들어서다가 모퉁이를 돌아서는 순간 몸을 벽에 기댔다.

뒤에서 쫓아오던 두 명의 무인이 막 모퉁이로 들어서는 순간 용비강이 움직였다.

휘리릭!

두 명의 손을 동시에 비틀면서 뒤로 돌아선 용비강이 그들을 벽에 바짝 밀어붙였다.

차가운 벽에 그들을 밀어붙인 용비강이 고개를 바짝 들이댔다.

젊은 두 사내의 얼굴에서 핏기가 가셨다.

"어이, 나한테 무슨 용무신가?"

겁을 주기 위해서인지 용비강의 목소리에서는 살기가 뚝뚝 묻어 나왔다.

두 명의 무인 중 하나가 비틀려진 팔이 고통스러웠는지 급히 외쳤다.

"부, 북해빙궁의 소궁주님이 아니신가 하고……!"

"어?"

팔목을 비틀고 있던 용비강이 당황하면서 설무린을 바라봤다. 용비강 때문에 쫓아오는 거라 판단하고 몰아붙였던 설무린이 어색했는지 딴청을 부렸다.

"야! 내 문제가 아니잖아, 임마!"

"뭐…… 난 정파에게 찍힐 일이 없어서 말이야."

능글능글 대꾸하면서 설무린이 으쓱했다.

용비강은 둘을 제압하고 있던 손을 휙 하니 놔버렸다. 이들이 무슨 목적으로 쫓아온 것인지는 모르겠지만 자신들에게 살심을 품었던 건 아니었다.

애초에 살심을 흘렸다면 제압하지 않고 단숨에 둘을 때려 잡았을 게다.

뒤로 물러선 용비강을 대신하여 나선 설무린이 물었다.

"내가 북해빙궁의 소궁주인데 무슨 용무지?"

"아, 역시 그랬군요! 열흘이 넘게 기다렸는데 만나뵙게 되어 정말 다행입니다. 저는 종남파(終南派)의 여래명(呂來明)이라고 합니다."

여래명이라고 자신을 밝힌 사내의 표정이 밝아졌다.

그렇지만 그의 말을 들은 설무린이 이상하다는 듯이 되물었다.

"종남파? 그곳에서 왜 날 찾는 거지?"

명문정파의 인물들로 보이기는 했지만 구파일방의 하나일 거라고는 생각하지 않았던 설무린이다. 그런데 지금 이 사내가 바로 구파일방의 하나인 종남파의 인물인 것이다.

설무린은 자신이 종남파와 무슨 일이 있었는가 곰곰이 생각해 봤지만 딱히 떠오르는 것이 없었다. 차라리 곤륜파였다면 일전에 만났던 곤륜삼성과의 인연이라도 있겠지만 종남파라니…….

옆에 있던 용비강이 설무린에게 다가와 물었다.

"너, 설마 구파일방하고 문제라도 있는 거냐?"

"모르겠는데."

"본인이 모르면 누가 안다는 거야?"

"아, 아니, 그게 아니라……."

설무린과 용비강의 대화를 듣던 여래명이 다급히 끼어들었다. 둘의 시선이 동시에 여래명에게로 향했다.

말해보라는 듯한 눈빛에 여래명은 자신들이 이곳에 있는 이유를 밝혔다.

"사실은 종남파 장문인께서 만나뵙고 싶어하십니다."

"나를?"

"예, 계속해서 북해빙궁 소궁주님의 행보를 쫓으시다가 서안을 지나치실 것 같다며 저희를 이곳에 배치해 두셨습니다."

일부러 눈에 띄도록 움직이고 다녔기에 어느 정도 정보력만 있다면 설무린의 이동 경로를 알아차리는 것은 어렵지 않았을 것이다.

그리고 애초부터 원했던 일이기에 조자부에게 자신에 대한 소문을 퍼뜨려 달라고 했던 것이다.

설무린이 아무런 말도 하지 않자 여래명이 눈치를 보면서 말했다.

"혹 여정에 큰 차질이 없으시다면 함께 가보는 것이 어떠신지요. 장문인께서 꼭 만나뵙고 싶어하셔서서……."

"흐음."

겉보기에는 무척이나 태연해 보였지만 지금 설무린의 머릿속은 이것저것 계산을 하느라 바삐 움직였다.

종남파는 섬서성 남부에 있는 종남산에 위치하고 있다.

강서성으로 향하는 설무린으로서는 방향은 마침 일치한다.

웬만하면 최대한 빠르게 강서성에 있는 약왕전에 가고 싶은 마음이지만 현재 설무린은 강호를 돌며 배필을 찾는다고 알려져 있었다.

마치 목적지가 있는 것마냥 주변의 모든 것들을 무시하면서 강서성 약왕전으로 갈 수는 없는 노릇이었다.

적어도 겉으로 보기에는 중원을 유람하며 배필이 될 만한 여인을 찾는 행세는 해야 한다는 소리다.

'어차피 방향도 거의 일치하고 이름을 주변으로 퍼뜨리기에는 구파일방의 이름을 등에 업는 것만큼 좋은 것도 없지.'

종남파가 자신을 찾으려 했다면 분명 북해빙궁 깊숙이에 있는 그들 또한 종남파의 움직임을 주시하고 있을 게다.

무슨 연유인지는 모르겠지만 오랜 시간이 걸리지 않는다면 종남파에 들러서 장문인을 만나보는 것도 그리 나쁘지는 않을 거라는 판단이 섰다.

"뭐, 이왕 나온 거 종남산 구경을 하는 것도 나쁘지는 않겠지."

"허락하신 겁니까?"

설무린이 고개를 끄덕이자 여래명의 얼굴이 환하게 변했다. 그는 진정으로 기뻐하면서 급히 안내를 하겠다며 앞으로 나섰다.

"절 따라오시지요. 종남파까지 저희가 모시겠습니다."

"그렇게 하지."

희희낙락하며 여래명과 다른 사내가 앞장섰고, 그 뒤를 셋이 좇아 걸었다.

뒤를 따라 걷던 중 설무린이 용비강에게 물었다.

"괜찮겠냐?"

"문제없지. 어차피 종남산을 지나간다고 해도 원래 예정된 길로 가는 것보다 길어야 하루 이틀 더 걸릴 정도고. 그나저나 종남파의 장문인이 북해빙궁의 소궁주를 만나고 싶어 하는 이유라……."

설무린과는 달리 용비강은 강호의 정세에 박식했다. 물론 그것도 설무린과 비교했을 때고, 그 또한 오랫동안 숨어 있었던 만큼 그리 최근 무림에 대해 아는 건 아니었지만.

종남파의 무인의 뒤를 좇던 설무린은 며칠 전 용비강에게서 들었던 말이 퍼뜩 기억났다.

"종남파의 성세가 기울었다고 하지 않았어?"

"그랬지. 전대 장문인과 고수들이 죽으면서 구파일방이라는 이름이 무색해질 지경이라고 며칠 전에 말해줬던 것 같은데."

간신히 구파일방의 말석을 차지하고 있는 것이 현 종남파의 입장이다.

수많은 고수들과 장문인의 죽음으로 급속도로 쇠락한 종남파는 최근 들어 같은 구파일방의 하나인 화산파에 완벽하게 밀린 상태다.

종남파 장문인이 왜 보자고 했는지는 알 수 없다.

하지만 그저 얼굴이 보고 싶어서 부르는 게 아님은 알 수 있었다.

'가보면 알겠지.'

마방(馬房)에 도착한 여래명이 하늘로 신호탄을 쏘아 올리는 걸 보며 설무린은 마음을 편히 먹었다.

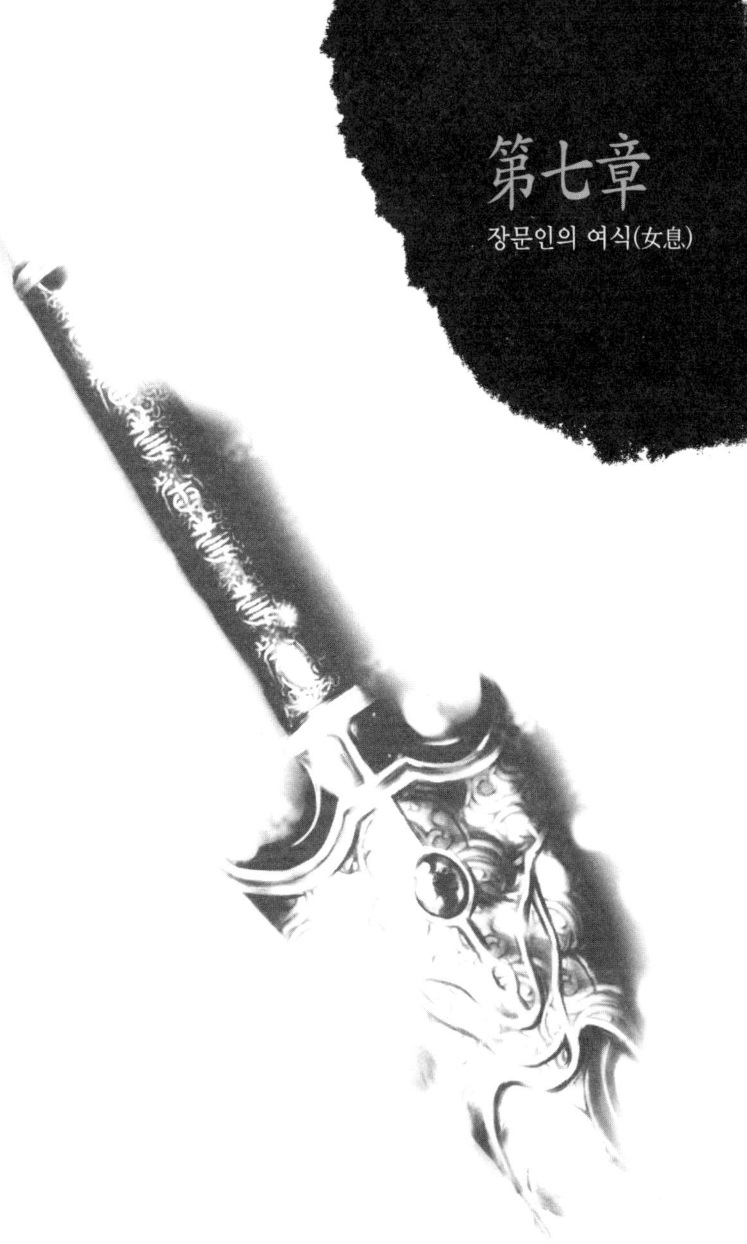

第七章
장문인의 여식(女息)

종남파(終南派)는 평소와 달리 조금 소란스러웠다.

현 종남파의 가주인 정두후(鄭杜后)의 얼굴이 무엇으로 인해 제법 상기된 상태였다.

귀한 손님이 오는지 주방에는 많은 음식들이 쌓여갔고, 주위의 경계도 평소에 비해 몇 배로 늘어났다.

방 안에서 서성거리는 정두후의 행색만 봐도 그가 지금 얼마나 긴장하고 있는지 알 수 있을 지경이었다.

그런 정두후의 앞에 제법 미색이 출중한 여인 하나가 앉아 있었다.

앞에 있는 찻잔의 차는 식은 지 오래.

여인의 표정은 식어버린 차처럼 뭔가 생기가 느껴지지 않
았다.

여인은 바로 정두후의 외동딸인 정미진(鄭美振)이었다.

"후우, 이거 참."

방 안을 서성거리던 정두후가 의자에 털썩 앉았다. 지금 정
두후가 이처럼 들떠 있는 것은 북해빙궁의 소궁주가 곧 종남
파에 도착한다는 소식 때문이었다.

며칠 전 북해빙궁 소궁주가 올 만한 길들에 종남파의 무인
들을 열댓 명씩 풀어두었고, 가장 유력했던 서안에서 결국 그
를 발견할 수 있었다.

따라오지 않으면 어쩔까 내심 걱정을 했거늘 북해빙궁의
소궁주는 순순히 일행을 따라 종남파로 향했다고 한다.

그렇게 기다리고 있었던 북해빙궁 소궁주의 일행이 곧 종
남파에 도착한다고 한다.

정두후는 들뜬 마음을 가라앉히기 위해 식은 차를 입 안에
털어 넣었다.

정두후는 무척이나 사람이 좋아 보이는 얼굴을 한 중년의
사내였다. 그리고 실제로 그는 문파를 일으키고 싶은 욕심이
과하다는 것이 단점이었지만 종남파 내에서도 인품이 좋기로
소문나 있었다.

그리고 갑작스럽게 벌어진 괴사(怪事) 이후 무너져 가는 종
남파를 이끌어온 인물이기도 하다.

당시 장문인의 동생이었던 정두후는 자리를 이어받고 나서부터 종남파를 다시금 부흥시키기 위해 피나는 노력을 해왔다. 하지만 너무나 급속하게 무너진 종남파를 다시 세운다는 것은 무척이나 힘든 일이었다.

정두후의 형님이자 장문인이었던 정묵필의 죽음도 컸지만 그보다 종남파를 뒤에서 지켜오던 장로들과 수많은 고수들이 목숨을 잃은 것이 지금의 종남파가 이렇게 기울게 된 직접적인 원인이었다.

십 년이 넘는 세월 동안 어떻게든 종남파의 위신을 세워보려고 했지만 문파에서 가장 중요한 것은 바로 고수다.

문제는 고수라는 것이 하루아침에 만들어지는 것이 아니라는 것이었다.

십 년이 지난 지금 오히려 종남파라는 이름이 지니는 무게는 더욱 작아진 형편이다.

그러던 차에 정두후는 북해빙궁 소궁주에 대한 소문을 들었다. 그리고 그곳에서 한 가지 희망을 얻었다.

이미 비어버린 찻잔을 바라보며 정두후가 말했다.

"하늘이 무너져도 솟아날 구멍이 있다더니 그 말이 틀린 게 하나도 없구나. 허허! 하늘이 우리 종남파에게 기회를 준 게야. 암, 그렇고말고."

즐겁게 웃고 있는 정두후를 보며 정미진은 입을 열려다가 말았다.

평소 정두후가 얼마나 문파를 위해 애써왔는지 잘 알기 때문이다. 정말로 기분 좋게 웃고 있는 그를 보니 차마 입이 떨어지지가 않는다.

'휴우.'

마음속 깊숙이에서부터 한숨이 흘러나온다.

종남산까지 오는 여정 내내 설무린 등은 극진한 대접을 받았다.

서안에서 준비해 둔 마차를 타고 이곳 종남산까지 도착한 그들은 산을 오르기 위해 마차에서 내렸다.

종남산의 정경은 빼어났다.

선두에는 열댓 명에 달하는 종남파의 무인들이 섰다.

그들은 마치 일행을 호위라도 하는 것마냥 자세를 잡고 뒤따르는 셋이 이동하기 편하게 길까지 만들어주면서 움직이고 있었다.

약간 뒤처져서 걷던 용비강은 그러한 이들의 모습에 장난스럽게 부러움을 표시했다.

"북해빙궁의 소궁주가 정말 대단하기는 한 모양이야? 태어나서 이런 호강은 처음이군."

"네가 정파에서 환영받을 입장은 아니지."

"그런가?"

혈교 소교주가 이렇게 종남파 무인들의 환대를 받으면서

문파로 들어가고 있다는 걸 안다면 저들이 어떤 표정을 지을까.

궁금하기는 하지만 그렇다고 해서 그 궁금증을 풀어볼 생각은 없었다.

한때는 도가(道家)의 길을 걸었던 종남파, 하지만 시간이 지날수록 점점 도가의 색이 옅어지더니 이제는 완전히 속세의 문파가 되어버린 곳.

그랬던 종남파가 있는 이곳 종남산은 꽤나 신묘한 분위기를 풍긴다.

한참 종남산을 향해 올라가던 중 선두에 있던 여래명이 급히 다가왔다. 그는 이번 여정 동안 일행들을 옆에서 챙겨주며 제법 사이가 가까워졌다.

나이는 스무 살이고, 종남파에서 제법 알려진 젊은 무인이었다.

얼굴도 준수하지만 웃을 때마다 왠지 모르게 사람을 편안하게 해주는 매력이 있는 사내였다.

"소궁주님, 저기가 바로 종남파입니다."

여래명이 가리킨 곳에는 높게 치솟은 종남파의 건물들이 모습을 드러내고 있었다.

비록 많이 쇠락했다고는 하지만 구파일방의 하나, 위용만큼은 어디에 내놔도 빠지지 않을 정도다.

종남파를 바라보는 여래명의 눈에는 자부심이 가득했다.

종남파를 보면서 여래명이 설무린에게 물었다.

"북해빙궁이 있는 천산은 일 년 내내 눈과 얼음에 뒤덮여 있다면서요?"

"왜, 궁금한가?"

"예. 한 번쯤 가보고도 싶습니다. 무척이나 아름다울 것 같아서요. 사실…… 같이 가보고 싶은 사람이 있어서요."

"사랑하는 사람이라도 있나 보군."

"그게 뭐…….."

여래명이 어색하게 웃었지만 부인하지는 않았다.

아직 나이가 많지 않은 여래명은 이것저것 보고 싶은 것이 많은 사내였다.

소문으로만 듣던 천산, 그리고 그 천산에 있다는 북해빙궁을 여래명은 보고 싶은 모양이다.

그런 여래명을 향해 설무린이 피식 웃으며 대꾸했다.

"오면 하루도 못 버틸걸. 이곳과는 비교도 되지 않게 춥거든."

"그 정도입니까? 휴, 하기야 얼음으로 만들어진 궁전인데…….."

"그게 무슨 소리야, 얼음 궁전이라니?"

"에…… 북해의 궁전은 얼음으로 지어진 것 아닙니까?"

설무린은 어처구니없다는 표정으로 여래명을 바라봤다. 그리고 그러한 둘의 표정이 너무나 우스웠는지 옆에 있던 용비강이 참지 못하고 웃음을 터뜨렸다.

"큭, 큭큭! 푸하하! 여래명, 넌 정말 재미있는 놈이라니까!"

용비강은 여래명의 어깨를 강하게 두드리면서 눈물을 닦기에 여념이 없었다. 그런 그의 태도에 여래명은 어색한 미소를 지으면서 작게 중얼거렸다.

"어, 얼음 궁전이 아닌가?"

"북해에서 살아온 나로서는 생전 처음 들어보는 소리다. 하여튼 괴상한 소문이 무림에 돌고 있었군."

아직까지 웃고 있는 용비강을 살짝 흘겨보며 설무린은 다시금 종남파를 바라봤다. 잠시 동안 웃고 떠드는 동안 종남파가 코앞에 다다라 있었다.

문 앞을 지키고 있던 무인들에게 전혀 제지를 받지 않고 일행은 그대로 종남파의 안으로 들어섰다.

설무린이 나타난다는 소문이 돌았는지 제법 많은 사람들이 문 주변에서 종남파에 들어선 일행을 바라보고 있었다.

선두에 있던 여래명이 옆에 있는 동료와 뭔가 이야기하더니 다시금 설무린에게 다가왔다.

"다른 사람이 방으로 안내해 드릴 겁니다. 저는 잠시 장문인을 뵙고 찾아뵙겠습니다."

"그렇게 해."

말을 마친 여래명이 장문인이 있는 곳으로 사라졌고, 다른 사내가 설무린 일행이 머물 곳으로 안내했다.

사내가 안내해 준 곳은 무척이나 신경 쓴 티가 나는 곳이었
다.

종남파 안에 있는 집이랄까?

귀한 손님을 모시는 게 분명한 곳으로 자신들을 안내한 것
이다. 아무런 이유도 없이 받는 귀빈 대접이었지만 설무린은
불편해하지 않았다.

이 같은 행동을 한다는 것은 그만큼 받으려고 하는 게 있다
는 소리라는 걸 잘 알기 때문이었다.

"방은 많으니까 아무거나 쓰셔도 됩니다."

이곳까지 자신들을 안내해 준 사내가 공손히 고개를 숙이
며 말했다.

연못까지 딸린 거처에는 커다란 정원과 많은 방들이 있었
다.

말을 마친 사내가 물러갔고, 그제야 용비강이 턱 하니 주저
앉았다.

비록 마차를 타고 움직인 여정이라곤 하지만 제법 피곤이
몰려오는 모양이다.

내심 구파일방의 하나인 종남파에 들어선다고 긴장했던
용비강은 마음이 편해졌는지 몸마저 늘어졌다.

"내 정체를 안다면 당장이라도 때려죽이려 하겠지?"

"혈교의 소교주를 그리 쉽게 죽이지는 못하지. 헛소리 말
고 짐이나 풀자고."

설무린은 앉아 있는 용비강을 지나쳐 가까이에 있는 방문을 열고 안으로 들어갔다.

얼마 안 되는 짐을 방구석에 놓은 후에 그는 침상에 드러누웠다.

"하아."

숨을 내쉬며 설무린은 몸을 옆으로 돌렸다. 방문을 닫지 않은 탓에 바깥의 전경이 한눈에 들어온다.

해가 슬슬 뉘엿뉘엿 지고 있는 것이 곧 어둠이 밀려올 기세다.

문을 통해 바깥을 바라보던 설무린의 눈에 장문인을 뵙고 오겠다던 여래명의 모습이 들어왔다.

그가 종종걸음으로 설무린의 방 앞까지 다가와 말했다.

"장문인께서 저녁 식사를 같이하시잡니다."

슬쩍 졸린 눈을 하고 있던 설무린이 억지로 침상에서 일어났다.

"지금 가지."

말과 함께 설무린은 방에서 걸어나왔다.

휘황찬란하다 못해 상다리가 휠 것 같다는 말은 이럴 때 나오는 것이 분명하다. 지금 종남파 장문인인 정두후는 절로 그 말을 실감했다.

실컷 재주를 부린 음식들이 가득한 탁자에는 셀 수도 없을 정도의 갖가지 음식들이 즐비해 있었다.

산해진미(山海珍味)를 눈앞에 두고 단 두 명만이 자리했다.

정두후와 그의 딸 정미진이었다.

정미진은 너무나 많은 음식에 기가 질린 표정이었다.

"아버지, 아무리 그래도 이건 너무 많은 거 아니에요?"

"부족한 것보다야 낫지 않겠니."

"그거야 그렇지만……."

평소 그리 낭비를 하지 않는 정두후의 성품을 잘 알기에 정미진은 말끝을 흐렸다.

다른 일도 아닌 문파의 미래를 위한 일이다.

문파를 위해서라면 자신의 목숨까지 아무렇지 않게 던질 정두후였기에 평소와는 다른 이 같은 일도 서슴없이 벌이고 있는 것이다.

바깥에 신경을 쓰던 정두후는 기척 소리를 듣고는 자리에서 벌떡 일어났다. 그리고 거의 동시에 문이 열리며 세 사람이 시비의 안내와 함께 안으로 걸어 들어왔다.

정두후의 눈이 세 명을 빠르게 훑었다.

두 명의 사내와 한 명의 여인.

정두후는 바로 설무린이 누구인지 알아차렸다. 일행 중 한 명의 몸에서 뭔가 이질적이면서도 사람을 은연중에 압도하는 기운이 풍겼기 때문이다.

한 문파의 장문인으로 있으면서 이런 부류의 자들을 많이 만나본 정두후다.

확신을 가지기는 했지만 그는 섣불리 말을 꺼내지 않았다. 그때 일행 중 한 사내가 포권을 취하며 입을 열었다.

"설무린입니다."

'역시!'

예상은 틀리지 않았다.

정두후 또한 사람 좋은 미소로 화답했다.

"만나서 반갑네. 정두후라고 하네. 아, 우선들 앉게."

정두후의 말에 셋 모두 자리에 앉았다. 그제야 그는 다른 이들을 한 명씩 살폈다.

사내와 여인, 둘 모두 외모도 그렇지만 범상치 않아 보였다.

"거기 있는 다른 두 사람은 누구신지 물어도 되겠는가?"

"친구입니다. 제가 용비강이라 하고, 이쪽 여인이 북설입니다."

다른 누가 먼저 말을 꺼내기 전에 용비강이 먼저 선수를 쳤다. 잠시 어디선가 들어본 이름인지 생각해 봤지만 둘 모두 생소했다.

정두후는 그서 편안하게 넘겼다.

"만나서들 반갑네. 바쁜 일이 있었을 수도 있는데 내 부탁 때문에 여기까지 와준 것도 고맙고 말이야."

"어차피 호북성 쪽으로 가볼까 하던 중이라 겸사겸사해서 들렀지요.”

“허허, 내가 운이 좋았던 모양이군.”

잘됐다는 듯이 웃으며 정두후는 슬쩍 눈치를 살폈다. 그리고 지금이 기회라고 생각했는지 옆에 있는 자신의 딸 정미진을 바라보면서 말했다.

“아! 이 아이가 내 딸일세. 정미진이라고 하지.”

정미진이 자리에서 일어나 예를 취하며 입을 열었다.

“정미진이라고 합니다.”

마주 인사를 하기는 했지만 설무린의 눈이 슬쩍 가늘어지며 정미진을 살폈다. 뭔가 굳어 있는 표정 때문이었지만 정작 그걸 훔쳐본 정두후로서는 뛸 듯이 기뻤다.

그건 지금 설무린의 태도가 자신의 계획대로 될 거라는 확신이 들게 만들었기 때문이다.

정두후는 기쁜 마음을 감추며 좌중의 눈을 자신에게 집중시켰다.

“자자! 식사들 하지. 음식 다 식겠네.”

“그러죠. 휴! 그런데 이거 너무 많으니 뭐부터 먹어야 할지 모르겠군요.”

설무린은 상 위에 가득 놓인 음식을 보며 짐짓 놀란 듯한 표정을 지었다. 그러자 옆에 있던 용비강이 젓가락을 들어 올리며 씩 웃었다.

“이거야 친구 덕분에 호강하게 됐군.”

평소 장정 서너 명분을 너끈하게 먹어치우는 용비강은 아무렇지 않게 음식에 손을 가져다 댔다.

잠시 동안 방 안에는 식사를 하는 소리만이 가득했다.

적당히 배가 찰 정도만 먹은 설무린은 젓가락을 내려놓았다. 평소 배가 찰 정도로 음식을 먹지 않는 것이 버릇이다 보니 지금도 그러했던 것이다.

그리고 그러한 것은 비단 설무린뿐만이 아니었다.

설무린보다 훨씬 먼저 북설은 젓가락을 내려놓은 상태였다.

북설은 그저 말없이 자리에 앉아 있을 뿐이었다.

문제는 그러한 그녀의 모습을 바라보던 정두후가 일순 정신을 빼앗겼다는 거다.

이내 정신을 차린 정두후는 자신의 딸을 바라봤다.

정미진은 미인이다. 그것도 섬서성 내에서 한 손에 꼽히는 미인 축에 속했다.

문제는 그런 정미진조차 북설이란 여인 앞에서는 너무나 평범해 보인다는 거다.

정두후의 마음이 복잡해졌다.

'우우, 눌지 모르셌군……'

홀로 고민에 잠시 빠졌던 정두후는 이내 마음을 다잡았다.

고민을 한다고 해서 해결될 문제가 아니다. 마음이 없다면 생기도록 만들면 그만 아니던가.

지금 이 일에 종남파의 부흥이 걸렸다. 물러설 수 없다.

식사를 마친 정두후가 입을 닦아내더니 시비를 불러 사람 수에 맞춰서 차를 가져오라고 부탁했다.

준비가 되어 있었기 때문인지 말하기가 무섭게 따끈따끈한 차가 각자의 앞에 놓아졌다.

찻잔 안에는 밝은 등황색의 찻물이 가득했다.

머리까지 깨끗하게 해주는 것 같은 맑은 향기가 차에서 은은하게 풍겨 나왔다.

"군산은침차(君山銀針茶)라는 차일세. 내 귀한 손님이 오셔서 내온 것이지."

"향이 좋군요. 중원에 있는 차에 대해서 잘은 모르지만."

말을 마친 설무린은 군산은침차를 마셨다.

차까지 나오자 슬슬 때가 되었다고 판단한 정두후가 설무린을 향해 입을 열었다.

"소문을 듣고 처음에는 참으로 당황했네. 북해빙궁의 소궁주가 무림에 나타났다는 것도 놀라운 일인데 그 이유가 배필을 찾기 위해서라니. 수하에게 그 이야기를 들었을 때 괴소문인 줄 알았다네. 그런데 그게 정말 사실인가?"

짐짓 궁금하다는 듯한 정두후의 어투였다.

"중원 구경도 하고 싶었기에 겸사겸사해서 나왔지요."

"사실인 모양이로군!"

소문은 정말로 사실이었던 모양이다.

사실이라는 것을 확인하자 정두후는 거칠 것 없이 밀고 나가기 시작했다.

"그래서 배필감을 구했는가?"

"아직 맘에 드는 처자가 없어서 말입니다."

설무린은 대충 얼버무렸다.

배필을 구한다는 말 자체가 해독약을 구하러 가는 자신의 행적을 숨기기 위한 거짓말이다. 그러니 배필을 구했을 턱이 없지 않은가.

무엇인가 하고 싶은 말이 있어서 이야기를 꺼냈다는 걸 알고 있던 설무린이다.

한데 아직까지도 정두후가 무슨 말을 하려고 하는 건지 전혀 모르겠다.

슬슬 설무린은 귀찮음이 치밀어 올랐다.

그 순간 정두후가 여태까지 감추어두었던 속내를 드러냈다.

"그럼…… 내 딸은 어떠한가?"

정두후의 말이 떨어지는 순간 방 안에 있던 설무린 일행의 행동거지는 각양각색이었다.

귀찮은 얼굴로 앉아 있던 설무린은 시선을 급히 돌려 정두후를 바라봤고, 북설은 마시던 차에 혀를 데었는지 다급히 손으로 입을 틀어막았다.

아직까지 남은 식사를 하던 용비강은 젓가락을 멈춘 채로 정두후를 멀뚱히 쳐다봤다.

그만큼 정두후가 내뱉은 말은 그 누구도 예상조차 하지 못했던 것이었다.

‘이건 또 무슨 소리야…….’

설무린은 골이 아파왔다.

그제야 여태까지 정두후가 했던 모든 행동들이 이해가 갔다. 뭔가 중요한 이야기를 할 것처럼 자리를 마련해 놓고 딸까지 데려다 놓은 것도 애초부터 수상했다.

무슨 소리인지 알아차렸음에도 설무린은 알아듣지 못했다는 표정으로 물었다.

“무슨 소리신지 모르겠군요.”

“말 그대로일세. 내 딸이 자네의 배필로 어떠하냐고 물은 것이네.”

설무린은 조금 시간을 가지려는 속셈으로 일부러 차를 마시면서 슬쩍 머리를 굴렸다.

이곳까지 초대를 해서 이 같은 말을 내뱉었다. 마음을 굳혔기에 가능한 일이다. 그렇지 않았다면 이 같은 일을 벌였을 리가 없다.

‘망할. 차라리 다른 핑계를 대고 나올 걸 그랬나.’

후회하기에는 너무 늦었다.

그리고 당시에도 그랬지만 지금 생각해도 그 이상의 핑곗거리는 생각나지 않는다.

“갑자기 이런 말을 해서 당황한 모양이군.”

설무린이 뜸을 들이자 정두후가 말을 다시금 끌어냈다.

기다렸다는 듯 설무린이 대꾸했다.

“솔직히 조금 갑작스럽기는 하군요.”

“이해하네.”

‘이해하기는…….’

설무린은 속으로 이를 갈았지만 겉으로 보기에는 태연했다.

‘속내가 제법 깊어 보이는군.’

설무린을 바라보던 정두후는 큰 착각을 하고 있었다.

실상은 속으로 이를 갈고 있는 것이지만 겉모습은 뭔가를 고민하는 것처럼 보였기 때문이다.

솔직히 말해 내심 걱정했던 것이 사실이다.

북해빙궁 소궁주가 배필이 될 여인을 구하기 위해 중원에 나왔다는 말을 처음 듣고는 어딘가 한 곳이 모자란 사내일 거라고 생각했다.

팔다리가 하나 없거나, 아니면 눈뜨고 보기 힘든 흉물일 거라고 말이다.

하지만 시내 북해빙궁 소궁주의 외향이 그려진 서찰이 정두후의 손에 들어왔다.

놀랍게도 뭔가 모자란 놈일 거라고 생각했던 소궁주라는 작자는 무척이나 준수한 외모의 소유자였다.

외향이 문제가 아니라면 내면에 무엇인가 문제가 있을 거라고 판단했다.

그런데 만나서 보니 그것 또한 아니다.

혹시 뭔가 이상한 놈에게 딸을 시집보내게 되는 게 아닌가 하는 걱정이 단숨에 사라졌다.

'내 딸이 북해빙궁 소궁주의 아내가 된다면 종남파는 살아 날 수 있다.'

종남파를 위해 딸을 희생시킨다는 것이 걸리기는 했지만 당사자가 이 정도의 사내라면 정미진 또한 마음에 들 거라는 생각이 들었다.

설무린이 선뜻 입을 열지 않자 정두후가 담담하게 웃음을 터뜨렸다.

"허허! 바로 대답해 달라는 건 아니네. 중원에 나온 이유가 배필을 찾기 위함이고, 아직 찾지 못했다기에 내 딸은 어떠한 가 물은 것이네. 한 이삼 일 머무르면서 생각해 보고 천천히 답을 주게. 어떠한가?"

"그게 좋겠군요."

처음에는 어떤 핑계를 대면서 거절할까 고민했던 설무린 이었지만 무엇인가 떠올리고는 급히 생각을 바꾸었다.

'이건 오히려 기회야.'

이렇게 종남파에서 움직여 준다면 설무린 자신에게로 향 하고 있는 의심의 눈초리를 옅게 할 수 있는 기회도 된다.

북해빙궁의 깊숙이에 숨어 있는 그들은 분명 설무린의 행동에 의심을 가지고 예의주시하고 있을 게다. 그런 그들이라면 당장은 아니더라도 조만간 종남파에서 있었던 이 일을 알아낼 것이다.

정말로 배필에 대한 이야기가 오갔다 하면 그들로서도 점점 믿게 되는 건 자명한 사실.

그들의 의심이 약해질수록 움직이는 것이 편해진다.

그리고 북해빙궁에 있는 가족들의 안전도 더욱 보장될 수 있다.

지금의 북해빙궁은 설군표로 역용한 북해가 지키고 있다.

그 사실이 밝혀지지 않게 하기 위해서는 자신의 움직임에 대한 의심을 사라지게 만들어야 한다.

천천히 답을 내리는 게 어떠냐는 말에 설무린이 그러자고 하자 정두후의 표정이 밝아졌다.

이건 거의 반쯤 승낙이라고 보였기 때문이다.

거기다가 설무린이 이곳에 있는 내내 어떠한 수를 써서라도 정미진과 둘의 사이를 가깝게 하려는 속셈도 있어서다.

“이런! 이렇게 늦게까지 손님을 잡아두었군. 먼 여정길에 피곤했을 터이니 오늘은 푹 쉬게나. 미진아, 설 소궁주를 안내해 드리고 오거라.”

“그렇게 할게요.”

정미진이 자리에서 일어났다.

처음 봤을 때부터 그랬지만 목소리에 이상하게 생기가 없었다.

'이 여자 뭔가 있는 것 같은데……'

말 못할 무엇인가를 가슴에 담아두고 있는 것 같았지만 설무린은 캐묻지 않았다.

정미진이 설무린 일행에게 다가와 말했다.

"절 따라오세요."

막 문을 열고 나가려는 그녀를 향해 정두후가 입을 열었다.

"흠흠! 미진아, 잘 모셔다 드리거라."

"…예, 아버지."

먼저 방 밖으로 나갔던 설무린은 마지막으로 나와 문을 닫는 정미진을 바라봤다.

애써 감추려고 했지만 딱딱하게 굳은 표정이 눈에 들어왔다.

그런 정미진의 모습을 보며 설무린은 피식 웃었다.

'죽을상 짓지 마, 이 아가씨야. 우리는 혼인하지 않을 테니까 말이야.'

비록 지금은 대답을 피했지만 결국은 거절해야 한다.

물론 그러기 위해서는 적당한 이유가 필요하겠지만 말이다. 그리고 그 이유는 이제부터 고민해 봐야 할 것 같다.

달이 참 밝다.

방에서 나와 하늘에 걸려 있는 달을 올려다보던 정미진의 마음은 복잡했다.

아버지는 지금 그녀와 설무린이 혼인하기를 바라고 있었다.

종남파를 위하는 정두후의 마음을 모르는 바는 아니다. 그리고 그런 마음을 알았기에 정미진은 싫다는 말조차 하지 못하고 있는 것이다.

날이 갈수록 점점 내리막길을 걷고 있는 종남파가 북해빙궁을 등에 업게 되면 그 힘은 결코 무시하지 못하게 된다. 정두후가 노리는 것은 바로 그거다.

딱히 설무린이 마음에 안 든다거나 그런 게 아니다.

다만 사랑하는 사람이 있다.

아주 오랫동안 사랑해 왔던 한 남자가 있다.

정두후에게는 말하지 못한 일이었지만 장래까지 약속한 연인이 정미진에게 있었던 것이다.

그리고 그 남자가 오늘 이곳 종남파에 돌아왔다.

우습게도 정미진의 연인은 북해빙궁 소궁주 일행을 찾기 위해 나갔던 자 중 하나였다.

'어떻게 해야 하지…….'

아버지의 꿈을 위해서는 자신의 사랑을 포기해야 했고, 자신의 사랑을 쫓자니 아버지를 볼 면목이 없다.

뻐꾹, 뻐꾹.

고민을 하던 정미진은 뻐꾸기 소리에 정신을 차렸다.

담 건너에서 들려오는 뻐꾸기 소리가 계속해서 귓가에 울린다.

하지만 그것은 뻐꾸기 소리가 아니다.

그건 정미진과 그녀의 연인이 정한 밀마와도 같았다. 자신이 찾아왔음을 알리는 신호 말이다.

듣고서도 정미진은 못 들은 척했다.

지금은 만나서는 안 될 것만 같았기 때문이다. 애써 무시하고 있거늘 뻐꾸기 소리는 계속해서 들려온다.

정미진의 눈시울이 붉어졌다.

'바보같이.'

정미진의 연인은 참으로 바보 같은 남자다. 순수하고 욕심이 없다.

너무나 착한 그 모습이 무인에게 어울리지 않을 수도 있지만 정미진은 그러한 부분에 반했다.

한참을 무시했을 무렵, 담장 너머로 누군가의 얼굴이 쑥 하고 드러났다.

막 눈가를 닦아냈던 정미진은 화들짝 놀란 얼굴로 담장 뒤에서 나타난 얼굴을 바라봤다.

사내는 바로 이곳까지 설무린 일행을 안내해 주었던 여래명이었다.

여래명이 밝은 얼굴로 웃으며 담장을 훌쩍 뛰어넘었다.

"으차!"

담을 넘어선 여래명은 자신의 옷을 툭툭 털었다. 뻐꾸기 소리를 내기 위해 한참이나 몸을 숨기고 있었던 터라 옷에 흙이 다소 묻은 탓이다.

옷을 대충 털어낸 그가 정미진을 보면서 반가운 미소를 지었다.

"안에 있으면서 왜 대답이 없었어?"

"…못 들었어."

"그래? 앞으로 조금 더 크게 소리를 내야겠군."

말을 하면서 여래명은 손을 오므린 채로 입에 가져다 대며 뻐꾸기 소리를 내는 시늉을 했다. 그 모습이 우스웠는지 정미진은 방금 전까지 눈물을 흘리던 것을 까맣게 잊어버리고 웃음을 터뜨렸다.

"피, 바보 같아."

"그런가?"

어릴 적부터 함께 자라온 탓에 둘의 사이는 허물이 없었다.

여래명은 말없이 정미진의 옆자리에 주저앉았다.

둘은 약속이라도 한 것마냥 서로 아무런 말도 하지 않은 채 밤하늘을 올려다봤다.

일 다경가량의 시간 동안 입도 뻥긋하지 않던 여래명이 조심스럽게 물었다.

"무슨 일 있어?"

"일은 무슨……."

"표정이 안 좋은데."

정미진을 걱정스럽게 바라보며 여래명이 말했다.

그녀는 전혀 문제 없다는 듯이 고개를 저었다. 하지만 오랜 시간 함께해 온 만큼 누구보다 정미진에 대해 잘 아는 여래명이다. 아무런 말이 없다고는 하지만 표정이 그렇지 않았다.

"속일 사람을 속여. 무슨 일이야?"

"……."

정미진은 선뜻 입을 열지 못했다.

무슨 일이 있었는지 설명해 주기엔 참으로 난해한 상황이었기 때문이다.

말을 해야 하나 말아야 하나 잠시 망설였다.

그렇지만 이내 답을 내렸다.

숨기려 한다고 해서 숨길 수 있는 문제가 아니다. 만약 설무린이 승낙만 한다면 당장에 내일이라도 중원 곳곳으로 퍼질 소문이다.

마음을 독하게 먹은 정미진이 말했다.

"나… 결혼하게 될지도 몰라."

"…지금 뭐라고 했어?"

"결혼하게 될지도 모른다고."

"하, 하하! 그게 갑자기 무슨……."

여래명이 어색한 웃음을 터뜨렸다. 그의 표정은 이미 딱딱

하게 굳은 상태였다. 갑자기 피부에 밤바람이 너무나 차갑게
와 닿는다.

잠시 목구멍이 막힌 것마냥 아무런 말도 못하던 여래명이
어렵사리 말을 꺼냈다.

"…누구랑?"

"북해빙궁 소궁주."

"뭐?"

여래명은 놀란 얼굴로 정미진을 바라봤다. 그렇지만 지금
같은 상황에 정미진이 농담이나 내뱉었을 거라고 생각하지는
않는다.

"아버지는 종남파를 다시금 부흥시키고 싶어하서. 그러기
위해서 날 그 사람하고 어떻게든 이어보려고 하시는 거야."

"……."

여래명은 아무런 말도 하지 못했다.

오랫동안 종남파의 무인으로서 정두후를 따랐다. 장문인
이 될 사람이 아니었지만 십 년 전 벌어졌던 일 때문에 지금
의 자리에 오른 그다.

어떻게든 종남파를 살려보겠다며 고군분투하던 정두후를
여래명 또한 잘 알고 있다.

알지만……

"넌 설마 받아들일 생각이야?"

"…어쩔 수 없잖아."

"야! 그게 말이 되는 소리야!"

"쉿! 사람들 듣겠어."

화가 나서 평소와 다르게 버럭 소리를 질렀던 여래명은 정미진의 한마디에 마음을 추슬렀다. 하지만 여래명의 얼굴은 이런저런 복잡한 마음으로 붉게 상기된 상태였다.

"만약에 그 사람이 나와 혼인하겠다고 한다면 난 따를 수밖에 없는 걸 너도 알잖아."

모든 걸 포기한 듯한 정미진의 어투에 화가 난 여래명이었지만 그는 입을 열다가 멈칫했다.

붉게 변해 있는 눈시울에 눈물이 그렁그렁 매달려 있다. 처음 봤을 때부터 뭔가 이상하다 싶었는데 홀로 이곳에서 울고 있었던 모양이다.

정미진의 마음을 알기에 가슴이 아파왔다.

"…그만 가. 나 피곤해."

정미진은 매몰차게 몸을 돌려 방 안으로 들어가 버렸다. 그리고 그녀가 사라진 방을 향해 여래명이 안타까운 시선으로 응시했다.

한참을 그렇게 서 있던 여래명이 이를 꽉 물었다.

여래명은 그대로 미친 듯이 달렸다.

연무장 안으로 벌컥 들이닥친 그는 그대로 자신의 검을 뽑아 들었다.

차앙!

"태을분광검(太乙分光劍)!"

검이 뻗어지는 순간 사방으로 하얀 빛이 쏟아졌다.

매섭게 갈라지는 검끝이 허공에 은하수(銀河水)마냥 별들을 쏟아냈다.

쉬이익!

미친 듯이 검을 휘둘렀다.

검에 몸을 싣고 집중하면 잠시나마 머리가 개운해질 거라고 생각했다.

부웅, 부웅!

마구 검을 휘두르던 여래명은 제대로 내공 조절을 하지 못해 다리가 꼬여 우스꽝스럽게 넘어지고 말았다.

콰당.

연무장 바닥에 엎어진 여래명이 거친 숨을 몰아쉬었다.

"허억, 허억."

엎어져 있던 여래명이 빙글 몸을 돌려 연무장 천장을 올려다봤다. 높은 연무장의 천장은 껌껌했다.

땀은 모두 식었다.

앞뒤 생각하지 않고 검을 휘두르다 넘어진 거라서 부상을 입은 것도 아니다.

그렇지만 일어나지 못하겠다.

다리에 힘이 없다.

여래명이 천천히 손을 들어 올렸다. 허공에 무엇인가 있는 것마냥 여래명은 주먹을 쥐었다.

하지만 펼쳐진 주먹 안에는 아무런 것도 없다.

"빌어먹을……."

숨이 막힐 정도로 가슴이 미어진다.

*　　　*　　　*

야율초재는 무척이나 잠이 없는 사내다.

축시(丑時)쯤에 자리에 들고, 묘시(卯時) 정도가 되면 누가 깨우기라도 한 것처럼 잠에서 깨어난다.

야율초재의 하루는 무척이나 균형있게 지나간다. 뭔가 짜져 있는 틀 속에서 사는 사람과도 같은 것이 바로 그 사내, 야율초재다.

북해빙궁과 관련된 모든 일들을 일차적으로 받아본 후에 위쪽에 올리는 것이 바로 야율초재의 주된 임무였다. 하루에 올라오는 안건만 해도 셀 수가 없을 정도이거늘 야율초재는 능숙하게 일들을 처리했다.

바쁘게 돌아가는 야율초재의 집무실에 손님이 찾아왔다.

아무런 말도 없이 문을 열고 들어선 사내 하나가 야율초재의 집무실에 있는 의자에 걸터앉았다.

힐끔 나타난 사내를 바라봤던 야율초재는 이내 손에 들려 있는 종이 뭉치를 내려놓고 나타난 사내의 건너편으로 가서 앉았다.

야율초재의 집무실에 나타난 것은 다름 아닌 북해마성 진하기였다.

"오랜만에 뵙습니다, 진 대주."

"그래."

"차라도 한잔하시겠습니까?"

"농담이겠지?"

"그러실 줄 알았습니다."

북해마성 진하기는 북해빙궁 최고의 무력 단체인 북황검위대의 수장이다.

워낙 쉽게 자신의 모습을 드러내지 않는 탓에 북해빙궁 내에 있는 높은 사람들 중에서 진하기를 보지 못한 자들도 수두룩할 정도였다.

비록 대주일 뿐이지만 북황검위대의 대주는 특별하다.

북황검위대의 대주는 오로지 궁주의 명만 받는다. 그 누구도 북황검위대 대주에게 함부로 할 수 없다.

그런 진하기가 야율초재의 거처에 나타났다.

이유없이 나타났을 리가 없다.

야율초재가 혹여나 하는 마음에 조심스럽게 물었다.

"혹 그분에게 무슨 문제라도……."

"그런 건 없다. 애초에 말한 대로 오 년은 문제없이 버틸 수 있을 거다."

그날 북해빙궁의 궁주인 설군표가 괴한의 독에 중독당한 날 이후 진하기를 보는 것은 처음이다.

진하기의 손에 의해 설군표는 빙관에 넣어졌고, 간신히 숨을 유지하고 있는 상태다.

진하기의 말에 야율초재는 내심 안도의 한숨을 내쉬었다.

"그럼 무슨 일로 찾아오신 겁니까?"

"이것저것 궁금한 것이 있어서. 벌써 시간이 제법 흘렀는데 어찌 돼가나 해서 말이야."

"내부는 크게 문제가 없습니다."

둘은 말을 가려가며 했다. 물론 야율초재라면 몰라도 진하기의 눈까지 피할 만한 고수가 근방에 있을 턱은 없지만 조심해서 나쁠 것은 없다.

두 사내 모두 신중한 자들이었기에 그러한 부분에서는 한 치도 섣부르게 행동하지 않았다.

그러면서 정말 중요한 대화들은 전음으로 확실하게 나누었다.

"시간이 흘렀다. 소궁주는?"

"계속해서 연락은 취하고 있습니다. 종남파로 가게 됐다고 연락이 왔었습니다."

"종남파? 설마 유랑이나 하는 한심한 짓거리를 하는 건 아니겠지."

전음을 보내며 진하기의 눈초리가 날카롭게 변했다.

빙관이 설군표의 목숨을 잡아둘 수 있는 시간은 길어봤자 오 년이다.

설무린이 북해빙궁을 나간 것이 대략 반년 정도 됐다.

비록 사 년이 넘는 시간이 남아 있다곤 하지만 그렇다고 해서 여유를 부릴 때는 아니다.

평소 칼 같은 성격을 지닌 진하기였기에 그러한 것은 절대 눈 뜨고 못 보는 자였다.

"걱정 안 하셔도 됩니다. 소궁주님은 궁주님을 빼다 박으셨으니까요."

"흥! 그런 애송이가……."

우습지도 않다는 듯이 진하기가 코웃음을 쳤다.

북해빙궁주인 설군표에 대한 진하기의 충성심은 대단하다. 그런 그였기에 몇 번 스치듯이 만난 설무린을 설군표와 비교하는 것이 그리 탐탁지 않았다.

"마음에 들지 않으셔도 결국 진 대주님의 주군이 될 분입니다."

"애송이에게는 고개를 숙일 생각이 없으니 날 이길 정도로 강해지라고 해. 그전에는 감히 나에게 존댓말을 들을 생각은 수호노 하지 말아야 할 것이나."

몇 마디의 전음을 주고받은 후 진하기가 자리에서 일어났다.

잠시 이곳에 오기는 했지만 진하기는 항시 빙관의 근처에서 그것을 지키는 임무를 수행하고 있었다.

다른 이도 아닌 오직 진하기 자신만이 그 빙관을 지켜야 한다. 아주 잠깐이라고 해도 자리를 비운 이 시간이 불안한 것이다.

"이만 가보지."

"다음에 뵙겠습니다, 진 대주."

야율초재가 포권을 취하면서 고개를 숙였다. 진하기는 대꾸도 하지 않고 몸을 돌렸다. 그 누구에게도 허리를 조금도 굽히지 않는다. 그것이 바로 북황검위대의 대주다.

성큼성큼 야율초재의 거처에서 걸어나온 진하기는 북황검위대가 머물고 있는 곳을 향해 몸을 돌렸다.

몇 걸음 걷던 진하기의 눈초리가 묘하게 비틀렸다.

'건방진 놈이…….'

누군가가 자신을 바라보고 있었다. 위치도 대충 파악했지만 진하기는 알아차리지 못한 것마냥 내색하지 않고 가던 길을 계속 걸었다.

당장에 때려잡고 싶지만 그래서는 안 된다.

정말 깊숙이에 숨어 있는 놈들을 끄집어내기 위해선 지금은 섣부르게 움직여서는 안 된다.

'때가 되면 네놈들을 모두 뿌리 뽑아주마!'

진하기가 속으로 이를 갈았다.

진하기가 사라지고 난 후 땅속에서 귀신처럼 누군가가 스멀스멀 솟아 나왔다. 모습을 드러낸 것은 검버섯이 잔뜩 핀 노인이었다.

이미 눈에 제대로 보이지도 않을 정도로 멀어진 진하기의 뒷모습을 보며 노인이 키득거리며 웃었다.

"킥킥. 저놈이로군. 북해마성(北海魔星)…… 별호 한번 거창하구나. 실력은 그리 좋아 보이지 않는데 말이야."

노인은 진하기가 자신의 존재를 파악해 내지 못했다는 데 내심 기분이 좋은 듯했다.

진하기의 등장은 예상외였다.

평소 모습을 잘 드러내지 않는 그가 갑자기 야율초재의 거처에 나타날 줄은 몰랐다.

땅속에 숨어 야율초재를 감시하고 있던 노인이었기에 진하기의 등장을 알아차리고 순간 움찔했다.

북해마성이라는 별호에 어울리게 엄청난 고수라는 소문 때문이었다.

혹시나 자신이 숨어 있다는 것을 알아차리는 게 아닌가 했거늘 그러지는 못한 모양이라고 판단했다.

'흐흐! 이 기회에 삼입해서 놈의 목이나 따버려?'

북해마성 진하기의 목을 가져간다면 어마어마한 상이 내려질 것은 자명한 사실이었다.

잠시 자신을 알아차리지 못했다는 것에서 승리감에 도취

됐던 노인이 정신을 차렸다.

'아니지, 지금 이럴 때가 아니지.'

노인은 다시금 땅속으로 스멀스멀 모습을 감췄다.

껌껌한 흙 속으로 몸을 감춘 노인이 눈을 감으며 히죽 웃었다.

'북해마성 이놈! 나중에 다시 나타나면 그때는 목을 조심하는 게 좋을 게다.'

만약 숨어 있는 것을 알면서도 일부러 놔준 것이라는 걸 안다면 노인은 지금처럼 웃지 못할 것이다.

第八章

소결투(小決鬪)

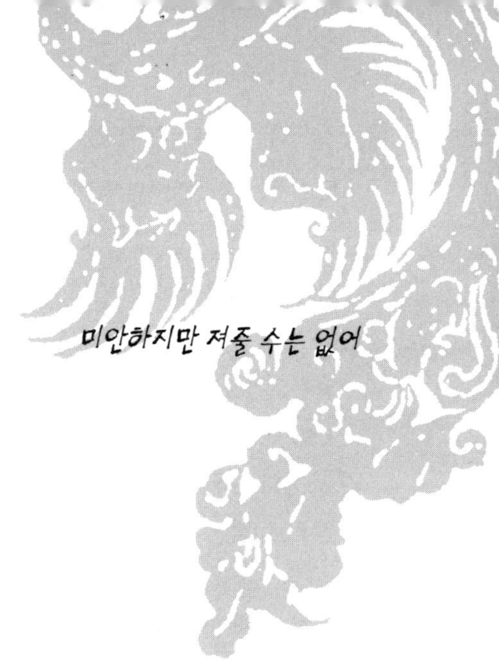

가부좌를 틀고 앉아 있는 설무린은 땀에 흠뻑 젖어 있었다.

굳게 눈을 감고 몸 안에 있는 내공을 느낀다. 계속해서 태양의 기운이 담겨져 있는 단전의 일부분을 두드려 봤지만 점점 반발력만 커졌다. 그리고 그때마다 몸에 어마어마한 충격이 점점 쌓여갔다.

'한 번만 더, 한 번만 더'를 외친 것이 대체 몇 번인지도 모르겠다. 무리를 하면서까시 낮혀 있는 단전의 일부를 두드리던 설무린이 더는 안 되겠는지 눈을 떴다.

"휴우! 지독하군."

설무린은 땀으로 젖어버린 옷을 만지며 중얼거렸다.

막힌 단전의 일부를 뚫기 위해 계속해서 북해빙궁의 내력으로 파고들었지만 태양의 기운은 너무나 거대했다.

하나 내심 초조해질 법도 하건만 설무린은 평정심을 유지했다.

섣부르게 단전의 막힌 부분을 뚫으려 하다가는 주화입마(走火入魔)에 걸릴지도 모른다. 그만큼 단전이라는 곳은 무인에게 조심히 다뤄야 하는 곳이다.

땀으로 젖은 몸을 씻은 후 설무린은 새 옷으로 갈아입었다.

옷까지 챙겨 입은 설무린은 방 밖으로 나와 주변을 두리번거렸다.

높디높은 종남파 내부의 건물들과 아름다운 종남산의 전경이 어우러지며 한 폭의 그림을 만들어냈다.

"제법이로군."

종남산의 전경은 아름다웠다.

그렇지만 종남산을 바라보는 설무린의 눈 한 편에는 북해빙궁이 있는 천산에 대한 아련한 마음이 묻어 나왔다. 언제나 한결같이 눈에 뒤덮인 설산이지만 그곳이 바로 설무린의 고향이었다.

그렇게 잠시 종남산의 전경을 바라보던 설무린은 끼익 하는 소리에 고개를 돌렸다.

문을 열고 낯익은 여인이 모습을 드러냈다.

‘정미진이라고 했던가?

종남파 장문인의 하나뿐인 외동딸, 정두후가 자신과 혼인을 시키고 싶어하는 여인인 정미진이 이곳에 모습을 드러낸 것이다.

정미진은 바깥에 있는 설무린을 발견하고는 잠깐 놀라더니 인사를 건넸다.

“잘 주무셨는지 모르겠네요.”

“덕분에 잘 쉬었습니다.”

“어디 불편한 점은 없으신가요?”

“없습니다.”

정미진이 내뱉는 형식적인 말들에 설무린 또한 마찬가지로 대답했다.

어제와 마찬가지로 뭔가 불편해 보이는 표정의 정미진은 잠시 머뭇거리다가 말했다.

“종남파를 안내해 드리고 싶은데 저와 함께 가시겠어요?”

“저야 고맙지요. 후후.”

설무린이 웃으면서 대꾸했다.

직감적으로 이것은 분명 종남파 장문인인 정두후가 시킨 일이라는 걸 설무린은 알아차렸다.

그리고 정두후의 제안을 거절할 이유를 찾고 있던 설무린은 이 기회를 이용하기로 마음먹었다. 굳이 이쪽에서 뭘 할 필요는 없지 않은가.

오히려 상대편에서 이쪽이 질리게 만들면 그만이다.

막 정미진이 문을 나서려고 할 때 유령처럼 북설의 몸이 허공에서 뚝 하니 떨어져 내렸다.

앞장서서 걸어나가던 정미진은 화들짝 놀라서 소리를 질렀다.

“엄마야!”

갑작스럽게 벌어진 일이라 놀라 소리쳤던 정미진이었지만 이내 상대의 정체를 알았는지 얼굴을 붉히며 사과했다.

“죄송해요. 깜짝 놀라서 그만…….”

“아뇨, 괜찮습니다.”

대답을 한 북설이 자연스럽게 설무린의 뒤로 가서 섰다.

애초에 단둘이서 시간을 보내고 오라는 정두후의 말을 듣고 온 정미진이다. 그런데 지금 북설의 행동은 아무리 봐도 이 둘 사이에 끼려는 것으로밖에 보이지 않았다.

어떻게 해야 할지 그녀는 선뜻 답을 내지 못하고 있었다.

정미진이 당황해하는 것을 보고 설무린이 대충 상황을 설명했다.

“평소에도 제가 가는 곳은 어디든 쫓아옵니다.”

“아, 그렇군요.”

설무린의 말에 정미진은 고개를 갸웃하면서도 알아들은 것마냥 다시금 걷기 시작했다. 걷고 있는 정미진의 머리는 복잡하게 돌아갔다.

'어디든 같이 간다니? 대체 무슨 사이지?'

정미진은 의구심이 가득한 눈으로 슬쩍 뒤쪽에 있는 북설을 바라봤다.

아름다운 여인이다.

꾸미지 않았음에도 불구하고 은은하게 풍겨 나오는 아름다움이 감추어지지 않는다. 솔직히 말해 정미진 자신이 남자였다고 해도 혹하지 않을 수 없는 외모인 것이다.

설무린의 말에 다소 오해한 정미진의 눈초리가 곱지 않게 변하기 시작했다.

'혹시……'

의심은 점점 꼬리에 꼬리를 물기 시작했다.

생각해 보니까 이상했다.

이렇게 허우대 멀쩡하고 뭐 하나 부족할 것이 없는 사내가 이 먼 곳까지 배필을 구하러 온다는 것이 이상한 일이 아닐 수 없다.

'여자 관계야! 아주 소문난 바람둥이가 분명해! 어휴, 아버지는 그것도 모르고……'

정미진은 옆에 서 있는 설무린을 바라봤다. 자신에게 시선이 향하지 그런 정미진의 속내를 알지 못하는 설무린이 그냥 씨익 웃었다.

넋을 잃게 만들 정도로 아름다운 미소였지만 오히려 역효과였다.

‘분명 나쁜 놈이야!’

정미진의 의심이 확신으로 바뀌는 순간이었다.

더는 마주 보고 싶지 않은 탓에 정미진이 고개를 획 돌렸다.

설무린의 앞에서 얌전한 척하고는 있지만 실상 그녀는 종남파에서 알아주는 개구쟁이였다.

물론 지금은 나이를 먹으면서 예전 같지는 않지만 여전히 그러한 부분이 남아 있었다.

정미진은 애써 설무린과 눈을 마주치지 않으려 하며 이야기를 시작했다.

“중원에는 처음이신가요?”

“아무래도 북해빙궁과는 제법 멀다 보니…… 어떻게 보면 촌놈이군요.”

설무린의 말에 일순 대꾸할 말을 찾지 못한 정미진은 급히 화젯거리를 돌렸다.

“아참! 그렇게 천산의 전경이 빼어나다면서요? 눈 덮인 천산은 선인(仙人)이라고 해도 넋을 잃고 바라볼 정도라던데요.”

“그래요? 매일 보는 곳이라 잘 모르겠는데.”

시큰둥한 설무린의 대답에 내심 정미진의 아미가 구겨졌다. 마음 같아서는 당장이라도 이곳을 뜨고 싶었지만 그럴 입장이 아니었다.

그 후에도 정미진은 이런저런 말을 걸었지만 그때마다 설무린은 대충대충 상대의 심기를 건드리듯이 대꾸했다.

내색하지 않으려 하고는 있었지만 점점 독기가 차기 시작한 정미진의 눈을 보며 설무린은 속으로 쾌재를 불렀다. 더군다나 점점 변해가는 정미진의 표정이 설무린은 너무나 재미가 있었다.

대화로는 힘들다고 생각했는지 정미진은 계획을 바꿨다.

어딘가를 향해 걸어가던 정미진이 커다란 문 근처에서 멈추어 서더니 애써 웃으면서 말했다.

"연무장에 들어가도 될지 승인받고 올 테니 기다려 주실래요?"

"갈 곳도 없는데 그렇게 하죠."

"그럼 잠시만 실례할게요."

말을 마치며 몸을 돌리는 순간 방금 전까지 짓고 있던 정미진의 미소가 거짓말처럼 사라졌다. 구겨진 표정으로 그녀는 연무장 쪽으로 다가갔다.

"큭큭!"

정미진이 멀어지자 설무린은 참았던 웃음을 터뜨렸다.

화가 나는데 애써 참는 정미진의 표정이 그렇게 우스울 수 없었다.

'조금 더 괴롭히면……'

더 짓궂게 굴어볼까 하던 차에 설무린은 뒤쪽에서 느껴지는 시선에 고개를 돌렸다. 설무린의 눈과 북설의 눈이 마주쳤다.

아무런 말 없이 자신을 바라보는 북설을 마주하는 순간 설무린은 자신도 모르게 변명을 쏟아냈다.

"내가 거절하는 것보다 저쪽이 거절하는 게 낫잖아?"

"예."

평소와 똑같은 어투인데도 왠지 모를 냉기가 느껴진다면 그건 설무린만의 착각일까?

때마침 연무장에 들어가도 되는지 허락받으러 갔던 정미진이 돌아왔다.

"안으로 들어오셔도 된다는데요."

"보고 싶었는데 잘됐군요."

설무린은 이 상황을 벗어나고 싶어 빠른 걸음으로 연무장 안으로 걸어 들어갔다. 아까와는 다소 다른 태도에 정미진이 수상하다는 눈으로 설무린의 등을 바라봤다.

그렇지만 이내 복잡한 생각을 버리려는지 정미진은 고개를 저었다.

지금 닥친 현실만 해도 머리가 깨질 정도로 복잡하다.

괜한 행동 하나하나까지 고민하고 싶은 생각은 눈곱만큼도 없다.

종남파의 연무장에는 많은 무인들이 있었다.

비록 성세가 많이 기울었다고는 하지만 구파일방의 하나

인 종남파다. 그리고 지금 시간이라면 많은 무인들이 몸을 풀고 있을 시간이기도 했다.

연무장에 있는 자들은 대다수가 서른이 되지 않아 보이는 자들이었다. 개중에 무공을 가르치는 교관 같은 나이 든 자들도 종종 보였다.

"하압!"

차앙!

창!

사방에서 젊은 무인들의 우렁찬 고함 소리와 병장기 부딪치는 소리들이 울려 퍼졌다.

"다시!"

교관으로 보이는 중년 사내의 외침에 앞에 있는 자가 다시 한 번 맹렬하게 검을 뻗기 시작했다.

날씨는 한겨울이거늘 이곳 연무장은 무인들의 움직임으로 인해 후끈후끈하게 느껴졌다.

백여 명에 달하는 젊은 무인들의 경쾌한 움직임이 시야에 가득 들어온다.

원래는 이렇게 외인에게 무공을 익히는 과정을 공개하지 않는 것은 불문율에 가깝나.

이 정도는 괜찮다고 생각한 것인지, 아니면 설무린을 이미 자신의 사람이라고 생각한 것인지는 모르겠지만 덕분에 종남파의 무공을 눈으로 견식하게 됐다.

설무린의 눈이 그들을 훑고 있을 때 정미진의 시선 또한 누군가에게 고정됐다.

그것은 바로 정미진이 사랑하는 사내인 여래명이었다. 그가 연무장 한곳에서 검을 휘두르고 있었던 것이다.

'여래명⋯⋯.'

종남파 내부에는 연무장이 상당히 많다.

이렇게 큰 곳도 있는 반면 조용히 무공을 갈고닦을 수 있는 연무장도 부지기수다.

여래명은 후자의 연무장을 선호했다.

그랬기에 이곳에 여래명이 있을 거라고는 생각도 하지 못했다.

비록 여래명도 안다고 하지만 설무린과 함께 있는 모습을 그에게 보이고 싶지 않았다.

'아직 눈치 채지 못했어.'

워낙 큰 연무장이고, 여래명이 뭔가에 빠져 있는 상태라 멀리에 있는 자신들을 알아차리지는 못했다지만 시간을 지체하면 어찌 될지 모르는 상황이었다.

정미진은 서둘러 이곳을 빠져나가기 위해 설무린에게 다가갔다.

"재미도 없으실 텐데 이만 나가죠?"

말을 마친 그녀는 서둘러 연무장을 벗어나려고 했다. 그때 설무린이 입을 열었다.

“정말로 재미없기는 하군요.”

그 한마디에 당장 연무장을 벗어나려던 정미진이 멈칫했다. 정미진이 몸을 돌려 싸늘하게 굳은 표정으로 설무린을 향해 말했다.

“무슨 뜻이시죠?”

“종남의 무공이 너무나 시시하다는 말이지요. 너무 시시해서 졸음이 밀려올 정도군요.”

“당신!”

정미진은 솟구치는 화를 참아내지 못하고 설무린을 향해 버럭 소리를 질렀다. 그리고 그런 그녀를 보며 설무린은 그저 미소만 짓고 있었다.

정미진은 부들부들 떨기 시작했다.

웃는 낯짝에 당장이라도 침을 뱉고 싶은 심정이었다. 어떻게 종남파의 인물을 앞에 두고 이 같은 말을 서슴없이 내뱉을 수 있단 말인가.

종남파 무공을 비웃는 상대를 앞에 두고 웃을 정도로 정미진은 성인군자가 아니다. 아니, 설령 성인군자라 할지라도 그건 참을 수 없는 문제였다.

화로 인해 새빨개진 얼굴로 정미진이 설무린을 노려봤다.

“그리 쉽게 말할 정도로 종남의 무공이 우습게 보이나요?”

“보고 나서 솔직한 심정을 말한 것뿐이니 흥분하지 않았으면 합니다.”

"오만하기 그지없는 사람이군요!"

당장에 손을 휘둘러도 이상할 것이 없는 상황이다.

정미진 또한 종남파 장문인의 딸로 무공을 익힌 여인이다. 물론 재능이 특출한 편은 아니었지만 무공에 무척이나 관심이 많았다.

너무나 분해 참지 못하고 손이라도 휘두르려고 할 때였다.

"무슨 일이야?"

화가 나서 앞뒤 가리지 않고 고함을 질러댔던 정미진이었다. 그 탓에 멀리에 있던 여래명이 알아차리고 이쪽으로 다가온 것이다.

하필이면 들키고 싶지 않은 이에게 이러한 모습을 보이고 말았다.

그제야 자신이 실수했다는 것을 알아차린 정미진은 들어 올리려던 손을 멈추었다.

"아무것도 아니야."

정미진이 고개를 푹 숙인 채로 연무장 밖으로 달려나갔다.

너무나 갑자기 달려나갔기에 미처 정미진을 잡지 못했던 여래명이 설무린을 바라봤다.

친숙한 얼굴에 설무린이 가볍게 손을 들어 올렸다.

"좋은 아침."

설무린은 평소처럼 대했지만 상대인 여래명은 그렇지 않았다. 언제나 기분 좋은 미소를 짓고 있던 그가 차갑게 굳은 표정으로 설무린을 향해 말했다.

"죄송한데 먼저 실례하겠습니다."

말을 마친 여래명이 바로 정미진을 따라 연무장 밖으로 달려나갔다. 잠시 둘이 사라진 연무장의 문을 바라보던 설무린이 뒷머리를 긁적거렸다.

가장 확실한 방법이라 생각하고 내뱉은 말이거늘 뭔가 떨떠름하다.

'실수했나.'

다른 방법을 찾아보는 게 나았을까 하는 생각이 들기도 했지만 이만큼 확실한 것도 없었다. 그랬기에 이 같은 일이 벌어질 것을 알면서도 서슴없이 종남파의 무공을 폄하한 것이다.

정미진이 소리를 지른 탓에 연무장에 있는 다른 이들의 눈이 모두 설무린에게 향하고 있었다.

그나마 다행인 것은 자신들이 무슨 대화를 나눴는지는 모르는 눈치라는 것이었다.

만약 알았다면 이곳에 있는 모두의 살기 어린 눈빛을 감당해야 했을 것이다.

그때 뒤에 있던 북설의 목소리가 들렸다.

"괜찮으십니까?"

설무린은 뒤쪽을 바라봤다.

애써 숨기려고 하고 있지만 북설의 표정에는 안타까움이

가득했다. 설무린이 피식 웃었다.

"그래도 내 마음을 알아주는 건 너밖에 없구나. 그나마 다행인 건가? 한 사람이라도 내 마음을 알아주니까."

마음을 약하게 먹을 필요는 없다.

중원에 나온 것은 해야 할 일이 있어서다.

설무린은 당당하게 고개를 치켜들고 연무장을 벗어나기 위해 발걸음을 옮겼다.

북설의 옆을 스쳐 지나가던 설무린이 멈추어 서서 그녀를 바라봤다.

"가자."

"예, 소궁주님."

먼저 달려나간 정미진을 찾는 일은 여래명에게는 그리 어렵지 않았다.

종남파 내에 있는 오래된 고목나무.

오래전에는 아름다운 잎을 자랑했던 나무지만 생기를 잃어 이제는 사람들의 기억에서 지워진 거목(巨木)의 아래에 그녀가 있었다.

양 무릎 사이로 고개를 파묻고 있는 정미진에게 다가간 여래명이 아무런 말도 하지 않고 옆에 주저앉았다.

누군가 왔음을 알았지만 정미진은 아무런 말도 하지 않았다.

　멀리서 발자국 소리가 들렸을 때부터 그 소리의 주인이 누구인지 알았기 때문이다.

　이곳을 찾아오는 이는 정미진과 여래명뿐이었기에.

　한참을 아무런 말도 하지 않고 있던 여래명이 힘겹게 입을 열었다.

　"울지 마."

　"안 울어."

　"넌 예전부터 울면서 안 운다고 그러더라."

　"안 운다니까!"

　정미진은 무릎 사이에 파묻었던 고개를 들어 올리며 소리를 질렀다.

　그 목소리가 워낙 컸기에 여래명은 자신도 모르게 양손으로 귀를 막는 시늉을 했다.

　여래명은 놀랐다는 듯한 표정을 지어 보였다.

　"귀청 떨어지겠다. 무슨 여자가 이렇게 우악스럽냐?"

　"…미안해."

　"어? 갑자기 이렇게 나오니 뭔가 이상한데."

　일부러 장난스럽게 대꾸했지만 정미진은 다시금 입을 닫고는 아무런 말도 하지 않았다. 그녀의 얼굴을 바라보던 여래명도 웃음을 거두었다.

　"아까 전에 소궁주께 화를 내던데…… 왜 그런 거야?"

　"……."

정미진은 꿀이라도 발라놓은 것처럼 입을 꾹 닫고는 아무런 말도 꺼내지 않았다. 대답을 기다리던 여래명이 이내 다시금 표정을 풀면서 말했다.

"굳이 대답할 필요는 없어. 그저 힘이 돼주고 싶었을 뿐이니까. 말하기 힘들다면 이만 간다."

막 여래명이 자리에서 일어나자 정미진이 입을 열었다.

"그 자식이 종남파의 무공을 욕되게 했으니까."

"정말이야?"

"그럼 내가 지금 거짓말하겠어? 우리 종남의 무공을 보며 시시하다느니 어쨌느니 이야기하는데 어떻게 참을 수 있어? 처음부터 뭔가 이상했어. 멀쩡한 사내가 왜 이 먼 곳까지 아내가 될 여인을 찾으러 왔나 하고 말이야. 그 더러운 성격이 북해 내에 소문이 자자한 거겠지."

한 번 열리기 시작한 정미진의 입에서는 말이 쏟아져 나왔다. 그리고 이야기를 들은 여래명의 표정이 점차 굳어가기 시작했다.

다른 것도 아닌 종남파 무공에 대한 모욕은 참을 수 없는 문제였기 때문이다.

종남의 무공이 시시하다는 말은 곧 여래명 자신의 검을 보고 한 말이나 다름없다. 단 한 번도 종남파를 부끄러워해 본 적이 없는 여래명이다. 듣지 않았다면 모를까 이야기를 들은 지금 참고 있을 수는 없는 노릇이었다.

'좋은 사내라고 생각했는데…… 내가 사람을 잘못 봤군.'

오 일 정도밖에 안 되는 기간이었지만 함께 시간을 보내며 매력이 가득한 사내라고 생각했다. 그런데 여래명 자신의 생각이 틀렸던 모양이다.

여래명의 눈에서 투지가 불타오르기 시작했다.

밤이 늦었거늘 정미진은 바쁜 걸음으로 어딘가로 향하고 있었다.

그녀가 향하고 있는 곳은 바로 설무린이 머무는 거처였다.

설무린을 만나고 싶지는 않았지만 더 늦어서는 안 된다는 판단이 섰기 때문이다.

자신의 입으로 정두후에게 싫다는 말을 꺼내기는 어렵다.

하지만 당사자인 설무린이 싫다고 말한다면 제아무리 정두후라도 더는 강요할 수 없는 일이었다.

물론 설무린이 자신의 부탁대로 해줄지는 모르겠지만 밀져야 본전이다.

'그런 놈하고 결혼이라니, 끔찍한 소리.'

불쾌한 표정으로 그녀는 설무린 일행이 머무는 숙소에 도착했다. 그렇지만 막상 건물이 눈에 보이자 그때부터 정미진의 걸음은 눈에 띄도록 줄어들었다.

어떻게 말을 꺼내야 할지 판단이 서지 않아서였다.

문 앞까지 도착한 정미진은 발을 멈추고 잠시 길게 심호흡을 했다.

'말해야 해. 더 늦으면 점점 힘들어져.'

몇 번이고 다짐을 했지만 쉽사리 발이 떨어지지 않는다. 그렇게 문 앞에서 망설이고 있을 때였다.

"무슨 일이시죠."

"……!"

오전과 마찬가지로 화들짝 놀라기는 했지만 다행히 비명을 지르지는 않았다. 정미진은 그제야 자신의 뒤에 어느샌가 북설이 나타났음을 알아차렸다.

오전에도 그랬지만 지금도 전혀 북설의 기척을 알아채지 못했다.

"뒤에 계신지 몰랐네요."

"바깥에서 서성이고 계시기에…… 혹 또 놀라게 해드렸다면 사과드릴게요."

"아뇨! 괜찮아요."

급히 손사래를 치면서 정미진이 대답했다. 그녀가 문 안쪽을 바라보면서 조심스럽게 물었다.

"안에 소궁주님 계신가요?"

"계세요."

말을 마친 북설이 문을 열며 안으로 들어오라는 듯이 옆으로 비켜섰다. 용기가 안 나던 차였기에 오히려 기회라 생각한 정미진이었다.

북설은 정미진이 안으로 들어오자 문을 다시금 닫았다.

가만히 문을 닫는 북설을 바라보던 정미진이 자신도 모르게 그녀에게 말했다.

"저 사람 옆에 오래 있지 않는 게 좋아요. 괜히 따라다녀 봤자 북 소저의 인생만 망칠 거예요. 저런 사내는 말이에요, 자기 잘난 줄만 알고……."

"좋은 분이에요."

"저 사람이 좋은 사람이라고요? 무슨 말도 안 되는 소릴! 저 사람이 좋은 사람이면 녹림도나 수적들도 좋은 사람이게요?"

말도 안 된다는 듯이 정미진이 북설의 말을 부인했다. 그러자 북설이 처음으로 정미진의 앞에서 살며시 미소를 지으면서 대꾸했다.

"그렇다 해도…… 저한테는 정말로 좋은 분이에요."

정미진은 이해가 되지 않는다는 표정으로 북설을 바라봤다. 대체 어떻게 하면 저 사내가 좋은 사람으로 보이는지 모르겠다.

'눈에 콩깍지라도 쓰인 게지. 그렇지 않고서야……'

이해할 수 없지만 당사자가 그렇다니 더는 할 말도 없다.

더는 설무린에 대해 이야기하지 않고 정미진은 그가 있는 방 쪽으로 걸음을 옮겼다.

방 앞에 도착한 정미진이 헛기침을 해서 자신이 왔음을 안쪽에 알렸다.

막 정미진이 입을 열려고 할 때 북설이 안쪽을 향해 말했다.

"소궁주님, 정 소저가 오셨습니다."

"기다려."

짧은 한마디와 함께 설무린이 문을 열고 걸어나왔다.

오전에 그렇게 헤어지고 나서 처음 보는 것이다. 이렇게 같이 있는 것이 불편하기는 했지만 이왕 온 거 망설이지 않고 속에 있는 말을 모두 토해낼 생각이다.

정미진이 애써 마음에도 없는 소리를 떨떠름하게 내뱉었다.

"아까는 화가 나서 저도 실례를 좀 했어요."

"그리 생각하는 사람이 이곳에 오자마자 제 험담을 합니까? 자기 잘난 줄만 아는 사내라면서 뭐라고 하시는 것 같던데……."

정미진을 내려다보며 설무린이 말했다.

정미진은 놀란 눈으로 그를 바라봤다. 아까 그 같은 말을 내뱉은 곳에서 이곳까지의 거리가 어느 정도인데 그걸 듣는단 말인가.

놀라기는 했지만 이미 들은 것, 발뺌할 생각도 없다.

"거짓말은 아니잖아요."

"큭! 이거 한 방 먹었군요."

설무린 또한 대수롭지 않다는 듯이 넘겼다.

태평하게 행동하면서도 속으로는 내심 떨렸던 정미진은 안도의 한숨을 내쉬었다. 다행히 기분 나쁘게 듣지는 않은 모양이다.

"절 좋아하지도 않는 분이 이리 늦게 찾아오신 걸 보니 무엇인가 이유가 있을 것 같습니다만?"

"할 말이 있어서 늦은 걸 알면서도 찾아뵈었습니다."

"듣고 싶기는 한데……."

설무린이 말을 멈추며 시선을 뒤로 돌렸다.

자기도 모르게 정미진 또한 설무린의 시선이 향하는 곳으로 고개를 돌렸다. 설무린의 눈이 향하는 곳은 바로 거처의 입구 쪽이었다.

가만히 문을 응시하던 설무린이 중얼거렸다.

"오늘은 손님이 많군요."

"예?"

그게 무슨 말이냐고 반문하기가 무섭게 문소리와 함께 누군가가 안으로 걸어 들어왔다.

삐걱거리는 문소리에 고개를 돌렸던 정미진은 놀라 두 눈을 크게 떴다.

그곳에는 정미진의 연인인 여래명이 있었다. 여래명 또한 처음에는 놀란 눈으로 바라봤지만 이내 눈동자가 차갑게 식어버렸다.

“이 늦은 시각에 왜 네가…….”

“그러는 너야말로 왜 이곳에 있는 거냐?”

차갑게 식어버린 만큼 입 밖으로 흘러나오는 목소리도 냉기가 뚝뚝 묻어 나온다. 그제야 정미진은 지금의 상황이 오해하기에 충분하다는 걸 알아차렸다.

이렇게 늦은 시각, 사내의 처소에 찾아왔다.

정미진이 급히 상황을 설명하려고 할 때 이미 북설이 설무린의 앞을 가로막았다.

차앙!

북설은 그대로 검을 뽑아 들었다.

갑작스러운 북설의 행동에 놀란 것은 바로 옆에 있던 정미진이다.

검을 든 북설이 여래명을 바라보면서 붉은 입술을 열었다.

“무례하군요.”

놀란 정미진이 북설의 팔목을 잡으면서 다급히 말했다.

“갑자기 왜 그래요? 검은 놓고…….”

북설은 아무런 대꾸 없이 정미진의 손을 뿌리쳤다. 그녀는 여전히 미동도 하지 않고 앞에 나타난 여래명을 바라보고 있었다.

그때,

“나한테 도전이라도 할 생각이로군.”

설무린이 아무렇지 않게 말했다. 그 말에 정미진의 얼굴색이 파랗게 변했다. 정미진은 다급히 시선을 돌려 여래명을 바라봤다.

가만히 서 있던 여래명이 입을 열어 짧게 답했다.

"예. 지금 그쪽으로 가겠습니다."

여래명이 걸음을 옮기자 정미진이 다급히 달려가 길을 막아섰다.

정미진의 두 눈동자에 물기가 어렸다. 그걸 알면서도 여래명은 발을 멈추지 않았다.

"잠깐만! 네가 오해를 하는 모양인데 오늘 이 일은……."

"아니, 처음부터 오해 따윈 하지 않았어."

말을 마친 여래명이 정미진을 바라봤다. 그 눈동자에는 아까 흐르던 차가운 냉기가 보이지 않았다. 이곳에 정미진이 있는 것을 보면서 분을 토해냈던 것은 그녀를 오해했기 때문이 아니었다.

여래명이 힘겹게 미소를 지으며 말했다.

"사정을 말하려고 왔겠지. 내가 너와 함께 지낸 시간이 얼마나 됐는데 그걸 모르겠냐? 다만 내가 화가 나는 건…… 너를 이곳에 오게 만든 나라는 놈에 대한 실망 때문이다. 그전에 어떻게 내가 했어야 했는데 미안하다."

여래명은 앞을 막아서고 있는 정미진의 어깨를 잡고는 슬쩍 옆으로 밀었다.

"다칠지도 모르니까 옆으로 비켜 있어."

"이 바보가……."

왈칵 눈물이 쏟아졌다.

정미진은 참지 못하고 눈물을 쏟아내기 시작했다. 여래명은 몇 걸음 더 앞으로 나아가더니 멈추어 섰다.

길을 막아서고 있는 북설. 그녀의 검이 날카롭게 빛났다.

여래명은 종남파에서 알아주는 젊은 고수 중 하나이지만 북설과는 비교도 되지 않는다. 그럼에도 여래명은 전혀 굽히지 않고 당당히 설무린을 바라보며 말했다.

"종남파의 문도 여래명이 북해빙궁 소궁주께 비무를 청하는 바입니다."

"굳이 싸워야 할 이유가 없다면 그냥 넘어갔으면 좋겠는데."

"저한테는 그 이유라는 것이 있습니다."

여래명은 물러서지 않았다.

설무린이 말해보라는 듯이 여래명을 바라봤다. 그가 입을 열었다.

"종남파의 무공을 모욕하셨다고 들었습니다."

"아, 그거……."

설무린은 애매한 표정을 지었다.

원치 않은 일이었지만 자신에 대한 정나미를 확 떨어지게 하기 위해 아무렇게나 내뱉었던 말이다. 물론 그 직후에 내심 후회하기는 했지만.

마음에 있던 말은 아니라지만 분명 설무린의 입에서 나온 말이다. 말을 내뱉었으니 책임을 져야 하는 건 당연하다.

설무린이 부인하지 않자 여래명이 말을 이었다.

"만약에, 아주 만약이지만 제가 이긴다면 두 가지를 약속 받고 싶습니다."

"말해."

"우선 종남파 무공을 얕본 것에 대한 사과를 받고 싶습니다. 그리고 두 번째는……."

잠시 머뭇거리던 여래명이 이내 입술을 꽉 깨물며 말을 내뱉었다.

"미진이를 포기해 주셨으면 합니다."

그 한마디에 쏟아지는 눈물을 닦고 있던 정미진조차 놀라 여래명을 바라봤다.

여래명이 말한 두 가지의 약속을 듣고 난 설무린이 재미있다는 표정을 지어 보였다.

정미진을 포기해 달라는 말이 어떠한 의미인지 알아차렸기 때문이다. 여래명은 자기가 사랑하는 연인이 있다고 말한 적이 있었다.

상황을 보아하니 그 연인이 바로 정미진이었던 모양이다.

"네가 말한 천산을 보여주고 싶은 여인이 정 소저였군."

"그렇습니다."

"좋아, 약속하지. 만약 내가 지면 네 말대로 두 가지 모두 들어주겠어."

독기에 찬 여래명은 설무린의 승낙이 떨어지자 검을 뽑았다.

애초부터 오해에서 시작된 싸움이었다. 종남파를 모욕할 생각도 없었고, 정미진에게 관심을 가지지도 않았다.

그런데 상대인 여래명은 단단히 오해를 한 모양이다.

"북설, 물러서."

말을 마친 설무린이 앞으로 걸어나갔다. 뒤쪽으로 물러섰던 북설은 자신의 옆으로 누군가가 와서 서자 슬쩍 바라보더니 이내 시선을 앞으로 돌렸다.

북설의 옆에 와서 선 용비강의 얼굴에 장난기가 어렸다.

"휘유! 재미있는 일이 벌어졌군."

오늘 오전에 있었던 일은 모르지만 방 안에서 대충 이야기를 듣고 상황을 파악한 모양이다. 용비강이 여유가 있을 수 있는 이유는 둘의 실력 차가 너무나 나는 탓이다.

차라리 어느 정도 비슷하다면 한 사람이 다치는 불상사가 벌어질 수도 있다. 하지만 이 정도의 차이라면 승부는 너무나 쉽게 날 게 자명했다.

여래명의 앞에 선 설무린이 손가락을 까닥거렸다.

"와봐."

"검을 뽑지 않을 생각입니까?"

"오기나 해."

"이익!"

자신을 얕본다고 생각했는지 여래명이 그대로 설무린을
향해 달려들었다.

단숨에 검으로 가슴을 노리고 찔러 들어가는 여래명의 행
동을 보며 용비강이 슬쩍 고개를 저었다.

화가 난다고 너무나 치기 어리게 행동한다.

'너무 흥분했어.'

예상대로 가볍게 피한 설무린의 수도가 여래명의 등을 내
려쳤다.

퍼억!

"크윽!"

적당히 힘을 조절한 탓에 여래명은 멈칫하기만 했을 뿐 쓰
러지지 않았다. 이미 적당한 거리를 벌린 설무린이 입을 벌리
며 웃었다.

"그래서 나에게 사과를 받을 수 있겠어?"

"으으!"

괴성과 함께 다시 한 번 여래명이 급히 검을 몰아쳤다. 설
무린은 날아드는 검을 손바닥으로 쳐냈다.

타앙!

그리고 그대로 손바닥을 여래명의 가슴까지 내밀었다.

퍽!

여래명이 뒤로 뒷걸음질쳤다. 얕본다고 생각해 무턱대고
화를 내며 달려들던 여래명이 갑자기 아무런 말도 없이 설무

린을 바라봤다.

그가 자신의 가슴을 말없이 쓰다듬었다.

눈에 일었던 노기(怒氣)가 사라졌다.

정미진은 그러한 여래명의 행동에 상황이 뭔가 이상하다는 걸 눈치 챘다.

설무린이 아무렇지 않게 말했다.

"너에겐 살기나 투쟁심이 없어. 지금 무턱대고 달려들고는 있지만 그것은 흥분해서 앞뒤 못 가리는 것뿐이야."

여래명이 묵묵히 듣고만 있다.

설무린이 이 같은 말을 하기 전 가슴에 손바닥이 닿는 순간 여래명은 무엇인가 익숙한 느낌을 받았던 것이다.

그것은 마치 무공을 하사해 주는 스승에게서나 느낄 법한 감정이었다.

"넌 나와는 많이 다른 사람이다. 남에게 상처 줄 짓도 못하고, 마음도 여리지."

여래명은 종남파로 돌아오는 길에 설무린과 이야기하면서 최근 자신의 무공이 늘지 않는다며 투정처럼 말한 적이 있었다. 이런 기회에 북해의 소궁주님께 한 수 배우고 싶다는 농담과 함께 말이다.

그것을 설무린은 기억하고 있다가 이번 기회에 보여주려는 것이다.

"여린 마음? 나쁘지 않아. 하지만 무인으로 싸울 때만큼은

살기를 가져야지. 반드시 싸워서 이겨야겠다는 투쟁심이 있
어야지. 그러지 못한다면 넌 평생 그 자리에 있을 수밖에 없
을 거다.”

여래명은 아무런 대꾸도 하지 않았다. 하지만 그것은 결코
불쾌해서가 아니다. 여래명은 무엇인가 곰곰이 생각하는 눈
치였다.

잠시 꼼짝도 않던 여래명이 이내 다시 검을 잡았다.

“다시 가도 되겠습니까?”

“얼마든지.”

정중한 물음.

설무린이 고개를 끄덕이면서 대꾸했다.

여래명은 깊게 숨을 내쉬더니 폭발적으로 내공을 터뜨렸
다. 그의 몸이 허공을 가르며 달려들었다.

흥분했던 아까와 다를 것이 없어 보였지만 움직임이 엄연
히 다르다.

‘움직임이 살아났군!’

바라보고 있던 용비강은 방금 전과는 비교도 할 수 없을 정
도로 예리하게 변한 여래명의 움직임을 눈치 챘다.

설무린이 여래명에게 세법 좋은 조언을 했나.

같은 움직임처럼 보였지만 더욱 빠르고 날카로워졌다.

그렇지만 빨라진 공격으로도 설무린을 잡는 것은 무리였다.

‘더욱 빠르게!’

내력을 더욱 검에 쏟아 부었다. 자신은 전력을 다하고 있음에도 불구하고 상대의 옷깃조차 베지 못한다. 그런데도 기분이 나쁘지 않다.

오히려 거방지게 춤이라도 추는 것마냥 신바람이 난다.

점점 빨라지는 검. 여태까지 느끼지 못했던 감각이 몸 구석구석에서 꿈틀거린다.

이 정도로는 잡을 수 없다는 걸 알고 있다. 하지만 알면서도 멈추고 싶지 않다.

이런 좋은 기분…… 무인으로서 쉽게 느낄 수 있는 게 아니다.

뻗어진 여래명의 검에서 날카로운 기운이 쏟아져 나왔다. 단숨에 주변에 있는 모든 것을 베어낼 듯한 기세.

종남파의 천하삼십육검이 펼쳐졌다.

촤라라락!

순식간에 서른여섯 개의 검세가 설무린을 향해 터져 나왔다.

날아드는 검을 막기 위해 설무린이 검집에서 검을 반쯤 꺼내며 막아냈다.

카앙!

"제법!"

이번에 내뻗어진 주먹은 망설이지 않고 여래명의 가슴을 격타했다.

여래명은 스무 걸음가량을 뒷걸음질치고서야 멈출 수 있

었다. 설무린이 좀 전과는 다르게 위력이 실린 일격을 날린 것이다.

차앙!

반쯤 나왔던 검이 다시금 검집 안으로 모습을 감췄다.

처음엔 화를 내며 달려들었던 여래명이 포권을 취하며 고개를 숙였다.

"많이 배웠습니다."

고작 검을 빼게 한 것이 전부였다. 하지만 그것만으로도 여래명은 너무나 많은 것을 느꼈다.

설무린은 여래명이 검을 넣는 것을 보다가 정미진을 바라봤다.

그녀가 움찔하는 순간 설무린이 입을 열었다.

"종남파의 무공을 폄하했던 건 진심이 아니었습니다. 사실…… 나에 대한 정나미가 뚝 떨어지라고 한 말이었지요."

"에?"

그게 무슨 말이냐는 표정으로 정미진이 설무린을 바라봤다. 설무린은 깊은 한숨을 내쉬었다.

"다신 혼인하자는 말을 할 생각이 들지 않게 막말을 조금 한 겁니다. 한데……."

설무린의 눈이 향한 곳엔 여래명이 있었다.

연인이 있다는 사실을 알았다면 굳이 그 같은 일을 벌일 필요가 없었던 것이다.

설무린이 고개를 절레절레 저으며 말했다.

"이러면 굳이 그럴 필요도 없었겠군요."

"아! 역시 그러셨군요. 좋은 분이라고 생각했는데 그런 말을 하셨다고 해서…… 하하! 오해해서 죄송합니다."

여래명이 웃으면서 다가왔다.

순하게 웃는 여래명은 평상시의 그로 돌아와 있었다. 예의 그 사람 좋아 보이는 미소를 입에 달고서.

그 미소가 마음에 들지 않은 것처럼 설무린이 퉁명스레 말했다.

"가장 큰 문제는 바로 네놈이야. 미리 네가 사전에 말만 했어도 이런 일은 벌어지지 않았잖아. 이제 어떻게 할 거야?"

"뭘 말입니까?"

"난 슬슬 종남파를 떠나고 싶고, 넌 네 연인을 지켜야 할 거 아니야. 정말 이대로 내가 정 소저랑 확 결혼이라도 해야 되겠어?"

"끔찍한 소리 마시죠."

도끼눈을 뜨고 정미진이 설무린을 노려봤다.

정나미가 떨어지게 하기 위해 막말을 했다는 소리는 들었지만 그래도 화가 나는 건 어쩔 수 없었다. 그 말은 자신이 마음에 들지 않았다는 소리 아닌가.

원하는 일이기는 했지만 여자로서 성이 나는 건 어쩔 수 없는 모양이다.

"이크! 아주 사람을 잡아먹을 눈이군. 넌 아무래도 나중에 몸조심해야겠다."

"그러게 말입니다."

"무슨 소리예요!"

설무린과 여래명의 대화에 정미진이 버럭 성을 냈다. 그렇지만 이미 악한 감정 같은 것은 마음에서 씻겨 나간 후인지라 마음은 불편하지 않았다.

다소 떨어진 곳에 서 있던 용비강은 웃으면서 서 있는 설무린을 보며 자신도 모르게 빙그레 미소를 지었다.

용비강이 옆에 있는 북설을 내려다봤다.

아무런 말도 없는 여인, 그녀의 시선이 설무린에게로 향해 있었다.

"참 신기하단 말이야. 저놈…… 여래명처럼 순한 인상도 아닌데 묘하게 사람을 잡아끄는 매력이 있어. 아무리 봐도 질리지가 않으니 원."

용비강이 혼잣말처럼 중얼거렸다.

그렇지만 바로 옆에 있던 북설이 듣지 못했을 리가 없다.

"그러게요."

북설이 나지막이 내꾸했다.

아침 식사를 마치고 일행은 짐을 챙겼다.

슬슬 종남파를 벗어날 때가 된 것이다. 우여곡절 끝에 서로의 마음을 확인했으니 이제는 걸릴 것도 없다.

남은 것은 단 하나, 종남파의 장문인인 정두후에게 이 일을 알리는 것뿐이다.

짐을 대충 다 챙긴 설무린이 아직도 침상에 걸터앉아 있는 용비강에게 말했다.

"잠시 장문인 좀 만나고 올 생각인데 어쩔래?"

"어이쿠, 나는 좀 빼줘. 가뜩이나 구파일방 중 하나인 종남파 장문인과 대면하는 건 불편하단 말이야. 거기다가 찾아가는 이유도 그리 좋은 것이 아닌데 괜히 갔다가 초상날지도 모르잖아."

용비강이 장난스럽게 대꾸했다.

말은 그리했지만 설무린이 이 결혼을 하지 않겠다고 한다 해서 정두후가 무슨 짓을 할 리는 없다. 전해 들은 그의 성품도 그렇지만, 가장 중요한 것은 중원에 있는 그 누가 북해빙궁을 적으로 두려고 하겠는가.

자리에서 일어난 용비강이 말했다.

"난 정문 바깥에서 기다리지. 이야기 끝나면 그쪽으로 오라고, 기다리고 있을 테니까."

"하기야 이런 말을 할 때 사람이 많아봤자 모양새가 좋지 않지. 혹 정 장문인이 화가 나서 날 잡아 가두기라도 하면 혼자 도망치지 말고 구하러 와야 한다?"

"웃기지도 않은 소리! 네놈이 누가 잡아 가둔다 해서 순순히 잡힐 놈이냐!"

"그거야 그렇지만."

설무린이 웃으며 간단하게 대꾸하고는 이내 단출한 짐만 챙긴 채로 방을 벗어났다.

말했던 대로 용비강은 종남파 정문으로 가 있을 생각인지 나서지 않았고, 그림자인 북설만 설무린의 뒤를 쫓았다.

둘은 아무런 말도 없이 종남파 내부를 걸었다.

대화가 없으면 어색할 만도 하련만 익숙한 탓인지 전혀 이질감 같은 것은 느껴지지 않았다.

중원의 날씨가 제법 추워졌다.

벌린 입으로 하얀 입김이 흘러나왔다.

"중원도 이제는 제법 추워지는군."

운이 좋다면 이대로 약왕전으로 가 해약을 구해 북해빙궁으로 돌아갈 것이다.

그 후에 일은 아직 정하지 못한 상태다.

다시금 중원에 나와 알 수 없는 무리들의 꼬리를 잡을지, 아니면 북해빙궁 내에서부터 다시 뭔가를 시작할지는 그때가 돼봐야 알 것 같다.

그렇지만 지금 가장 중요한 것은 우선 설군표가 일어나는 것이었다.

설군표가 있어야 북해빙궁이 있을 수 있다.

"늦어도 다음 겨울까지는 북해에 돌아갔으면 좋겠는데 말이야.”

“가능할 겁니다.”

“후후.”

북해빙궁은 새외에 있는 탓에 중원과의 거리가 멀다. 거기다가 약왕전이 있는 강서성은 그런 북해와 반대편 쪽에 위치한 곳이었다.

왕복하는 데 걸리는 시간만 해도 어마어마한 여정이다.

잠시 생각에 빠져 있는 사이에 설무린과 북설은 종남파 장문인 정두후의 거처에 도착했다.

문을 지키는 수문위사들이 설무린의 얼굴을 알아보았는지 갑자기 뻣뻣하게 굳었다.

설무린이 뻣뻣이 굳은 수문위사들에게 다가가 이곳에 온 목적을 밝혔다.

“장문인을 뵈러 왔는데 안쪽에 기별 좀 넣어주십시오.”

“아닙니다. 오시면 바로 모시라는 명을 받았습니다. 지금 바로 안으로 모시지요.”

수문위사 중 하나가 옆에 있는 동료에게 신호를 보내더니 문을 열고 먼저 안으로 들어섰다.

“이쪽으로.”

설무린은 수문위사의 안내를 받으며 정두후의 거처에 들어섰다.

미리 오면 맞아들이라고 수문위사들에게까지 전달해 둔

것을 보면 정두후는 설무린을 애가 타게 기다렸던 모양이다.

예상대로 설무린이 모습을 드러내자 무엇인가 일을 하고 있던 정두후가 크게 반겼다.

"오, 같은 곳에 있는데 이리 얼굴 보기가 힘들어서야……그래, 잠자리나 식사는 괜찮았는가?"

"신경 써주서서 잘 쉬었습니다. 덕분에 피로가 확 풀린 기분입니다."

"그랬다면 다행이지."

말을 끝마치면서 정두후는 설무린을 바라봤다. 무엇인가 대답을 바라는 눈치였다. 그렇게 설무린을 바라보던 정두후는 이상한 점을 발견했다.

그것은 바로 여정을 떠날 것만 같은 설무린과 북설의 행색 때문이었다.

그 말은 곧……

정두후가 혹시나 하던 일이 벌어졌다.

"슬슬 저희는 이만 떠나려고 합니다."

"허허. 내 제안이 마음에 들지 않았는가?"

정두후의 말투에는 안타까움이 묻어났다.

성세가 기운 종남파를 키우기 위해서는 외부의 힘이 필요하다. 그랬기에 북해빙궁의 소궁주인 설무린의 존재는 종남파에 적격이었다.

자신을 물끄러미 바라보며 대답을 요구하는 정두후의 눈

빛이 내심 불편했는지 설무린은 슬쩍 시선을 외면하면서 대꾸했다.

"따님은 분명 좋은 분인데 저와는 뭔가 여러 가지 부분에서 맞지 않는 것 같더군요. 그리고 저 또한 지금 이 여정을 끝내고 싶은 생각도 없고 말이지요."

"후, 그렇구만."

종남파를 위해 이 같은 일을 생각해 냈던 정두후는 끈덕지게 물고 늘어지지 않았다.

마음 같아서는 설무린을 다시금 잡고 이야기를 해보고 싶었지만 그것은 해서는 안 될 짓이다.

성공할 거라고 자신했던 건 아니다.

그저 밑져야 본전이라고 두드려 봤던 것뿐이다.

안 됐다면 그것으로 끝난 거다.

인연이 아닌 것을 억지로 이어 붙인다고 그것이 진정한 인연이 되는 건 아니기에.

정두후는 다소 아쉬움이 남은 목소리로 말했다.

"나이가 먹으면서 주책이 늘었나 보네. 괜한 말을 해서 마음을 불편하게 했다면 사과하지. 중원에서 좋을 결과를 얻어서 가길 빌겠네."

"덕분에 맘 편히 가게 되었습니다. 북해의 소궁주는 종남파 장문인의 환대를 결코 잊지 않을 것입니다."

설무린이 포권을 취했다.

정두후 또한 그런 설무린에게 마주 예를 취했다.

막 인사를 끝마치고 돌아가려던 설무린이 마치 지금에서야 생각난 것처럼 몸을 돌렸다.

"아참, 조금 있다가 따님께서 중요히 드릴 말씀이 있다고 찾아 뵙겠다더군요."

"미진이가?"

"예. 아마…… 좋은 소식이라도 들려주실 눈치던데."

"좋은 소식이라니, 뜬금없이 무슨 소리인가?"

"그건 제가 아닌 따님이 하셔야 할 말인 것 같군요. 한 말씀드리자면 따님이 제법 사람 보는 눈이 있더군요. 아, 말이 길어졌군요. 그럼 정말로 가보겠습니다."

말을 마친 설무린은 뒤도 돌아보지 않고 장문인의 거처를 빠져나왔다. 여기까지 해줬으니 남은 것은 이제 여래명과 정미진의 몫이었다.

설무린은 슬쩍 고개를 돌려 장문인의 거처를 바라보는 것을 마지막으로 더는 발을 멈추지 않았다.

그대로 둘은 종남파의 정문을 벗어났다.

바깥쪽에는 약속대로 미리 나와서 기다리던 용비강이 있었다. 용비강은 두 사람을 향해 손을 흔들었다.

"여어, 잡혀가지는 않은 모양이야."

"내가 생각했던 것보다 좋은 사람이더군."

설무린이 가볍게 대꾸했다.

용비강이 짓궂게 웃으며 설무린의 옆구리를 쿡 찔렀다. 설무린이 살짝 인상을 구기며 그를 노려봤다.

"뭐야?"

"솔직히 좀 아깝지 않냐?"

"아깝기는 뭐가 아깝다는 거야. 헛소리하지 말고 어서 가자. 지체된 만큼 부지런히 가야 하니까."

설무린은 용비강을 무시하며 종남산을 내려가기 시작했다. 그렇지만 빠르게 옆에 달라붙은 용비강이 캐묻듯이 물었다.

"까놓고 말해서 그리 나쁜 자리는 아니었잖아. 정 소저도 제법 미색(美色)을 갖췄고, 종남파 정도라면 처가로도 나쁘지는 않지. 여래명 때문에 포기한 거냐?"

"내가 다른 사람 때문에 내 걸 포기할 바보로 보이나?"

"아니, 그건 아니지만 좀 아깝지 않냐 이거지."

"전혀. 그 여잔 내 취향이 아니었거든. 내 취향은 말이야……."

말을 하던 설무린이 자신도 모르게 앞장서서 길을 만들고 있는 북설의 뒷모습을 힐끔 훔쳐봤다.

설무린이 이내 짜증 섞인 목소리로 대꾸했다.

"어쨌든 내 취향은 아니야."

第九章
야율초재의 서찰(書札)

설무린 일행은 호북성 흥산(興山)으로 바쁘게 움직였다.

강서성으로 가는 최단거리라면 흥산이 아닌 조금 더 북쪽으로 갔어야 했지만 도중에 발걸음을 돌리게 만드는 일이 벌어졌다.

바로 며칠 전 호북성에 막 들어섰을 때였다.

이름조차 알 수 없는 마을에 있는 조그마한 주루에 일행이 도착했다. 손님이라고는 마을 사람으로 보이는 냊냊이 다인 그런 주루였다.

배가 고팠던 용비강이 거칠게 의자에 걸터앉으며 짐을 땅바닥에 내려놨다.

“힘들어 죽겠군.”

“엄살은.”

“엄살이 아니라니까!”

용비강은 버럭 소리를 지르면서도 손을 들어 일을 하는 조그마한 소년을 불렀다. 손을 들어 올린 용비강의 행동에 소년이 급히 달려왔다.

커다란 눈을 지닌 귀여운 소년에게 용비강이 물었다.

“이 집은 뭘 잘 하니, 꼬마야.”

“음…….”

소년이 선뜻 대답하지 못하고 망설이고 있자 용비강이 손을 저으며 말을 바꿨다.

“됐다, 그냥 잘 하는 음식 사내 다섯 명 몫 정도 푸짐하게 차려서 가져다주거라.”

“다섯이요? 손님이 더 오시는 건가요?”

또랑또랑한 눈으로 바라보며 묻는 소년이 귀여웠는지 용비강이 머리를 쓰다듬어 주며 말했다.

“아니, 형이 원래 좀 많이 먹거든. 어쨌든 부탁한다.”

“그럴게요.”

소년이 쪼르르 주방에서 일하고 있는 여인에게로 달려갔다.

이내 주모로 보이는 여인이 음식을 준비하는지 구수한 냄새가 주루를 가득 채웠다.

구수한 냄새가 묘하게 후각을 자극하면서 식욕을 당기게
한다.

"뱃속에서 아귀들이 아우성대는군."

며칠 만에 제대로 된 식사를 한다는 생각 때문인지 용비강
은 즐거운 표정이었다.

그렇게 식사가 날라져 오기를 기다릴 때였다.

다소 행색이 엉망인 중년인 하나가 식탁 근처로 다가왔다.
걸인이라고 생각한 용비강이 다가온 중년인을 올려다보았을
때였다.

"야율초재께서 보내셨습니다."

속삭이기라도 할 듯한 작은 목소리였지만 식탁에 앉아 있
는 셋의 귀에는 또렷이 들렸다.

야율초재를 모르는 용비강으로서는 선뜻 이해할 수 없었
지만 설무린과 북설은 달랐다.

설무린의 얼굴에 있던 장난기가 싹 사라졌다.

"이것을 전해 드리라고."

소매 속에서 서찰 한 장을 꺼내서 떨어뜨린 중년인은 그대
로 몸을 돌려 객잔을 빠져나갔다. 설무린은 아무렇지도 않게
담담히 서찰을 집어 들었다.

하지만 실상 지금 그는 온 신경을 주변에 있는 세세한 모든
부분마다 쏟았다.

설무린이 북설을 바라봤다.

무슨 말을 하기도 전에 설무린이 하고 싶은 말을 알았는지 그녀의 몸이 유령처럼 사라졌다.

바깥으로 나가 주변에 수상한 기척이 없나 확인하려는 거였다.

용비강 또한 설무린과 북설의 행동에서 무엇인가 중요한 일이 일어난 걸 알았는지 평소와는 달리 아무것도 묻지 않고 침묵했다.

사라졌던 북설이 다시금 주루에 나타났다.

"없습니다."

그 한마디에 설무린은 서찰을 펼쳤다.

빠르게 서찰에 적힌 내용을 읽어 내려가던 설무린의 미간이 꿈틀거렸다.

서찰에는 놀라운 내용이 적혀 있었다.

그것은 바로 소요문과 천명검파 사이에 관련된 일이었다.

북해빙궁 내에서 설무린에게 기습을 가했던 자를 잡아서 알아낸 단 하나의 단서가 바로 소요문이었다. 그리고 중원에서 나오자마자 설무린은 그러한 소요문과 인연을 만들었다.

물론 악연이었지만 말이다.

야율초재의 서찰에 적혀 있는 것은 바로 어느 날 갑작스러운 기습으로 인해 무너진 천명검파, 그곳에 관련된 누군가의 정체를 알아냈다는 것이었다.

소요문은 북해빙궁에 마수를 뻗은 자들과 어떻게든 연이

있었다. 그리 멀지 않은 곳에 야율초재가 알아낸 그가 있었다.

정체를 알아내는 게 쉽지 않아 걱정하던 차에 들려온 희소식이다.

'잡았다!'

설무린의 입이 기쁨으로 인해 묘하게 비틀렸다.

서찰을 모두 읽은 후 설무린은 책상 위에 있는 찻물을 종이에 부었다.

"어어?"

순간 종이가 거짓말처럼 녹아내렸다. 마치 불에 태우기라도 한 것처럼 말이다.

서찰로 보내온 종이는 특별히 제작된 것이다. 다른 종이처럼 불에 타기도 하지만 물에 닿아도 녹아내리는 신기한 재질인 셈이다.

서찰을 없앤 설무린이 자리에서 벌떡 일어났다.

"가자."

"지금 바로?"

"시간이 없다."

"아직 식사도 못했는데……."

설무린은 용비강의 말을 깨끗이 무시했다. 그는 그대로 탁자 위에 돈을 얹어놓고는 주루를 빠져나갔다. 멍하니 앉아 있던 용비강이 죽을상을 하고 따라 일어났다.

“젠장, 누굴 굶겨 죽일 셈이야.”

용비강은 주린 배를 움켜쥐고 어쩔 수 없이 급히 주루를 빠져나갔다.

마을을 벗어난 후 용비강이 왜 그러냐고 물었지만 설무린은 홍산으로 가야 한다는 말뿐이었다. 그 외의 사정에 대해 들은 건 아무것도 없었다.

그렇게 며칠 동안 바삐 움직인 덕에 호북성 홍산에 도착할 수 있었다.

날씨는 겨울이거늘 몸은 열 때문에 오히려 후끈거린다. 쉬지 않고 계속해서 달려온 탓이다.

잠시 돌 위에 주저앉아 숨을 고르던 용비강이 참지 못하고 벌렁 누워버렸다.

“힘들어서 못해먹겠네. 이곳이 홍산인데 대체 어디까지 가려는 거야?”

“일 끝나면 네가 매일매일 노래 부르는 음식들을 전부 사 줄 테니까 조금만 버텨봐. 할 일이 있어서 그래.”

“그래, 말 잘했다. 그 할 일이라는 게 대체 뭔데? 자세히는 아니라도 대충은 말해줘야 하는 거 아냐?”

용비강이 따지듯이 물었다.

그로서는 갑자기 식사를 하려다가 끌려 나와 이곳까지 영문도 모른 채 달려와야만 했다.

궁금증이 이는 것은 당연했다.

하지만 설무린 또한 모든 것을 이야기해 줄 수 있는 형편이 아니었다.

제대로 용비강에게 설명하기 위해서는 현재 북해빙궁의 사정, 소요문과 천명검파에 대해서 일일이 말해줘야 한다.

하지만 말해주기 애매하기도 했지만 귀찮음도 한몫했다.

뭐라 말해야 하나 잠시 고민에 빠졌던 설무린이 생각났다는 듯이 입을 열었다.

"음…… 녹림도(綠林徒) 토벌? 그래, 그게 정답이겠군!"

"뭐?"

설무린의 대답에 용비강은 잔뜩 표정을 구겼다.

장난치지 말라는 얼굴이었지만 설무린은 도리어 생색을 내며 말했다.

"엄밀히 따지자면 녹림도 토벌이야. 이곳 홍산에 있는 녹림도 중에서 때려잡아야 할 놈이 있거든."

"대체 그놈이 무슨 잘못을 했다고 이렇게 며칠 동안 밤낮을 안 가리고 달려와야 되는 거야. 네 돈이라도 먹고 날랐냐?"

"자세한 건 천천히 조사해 볼 생각이야."

"에휴."

용비강이 한숨을 내쉬었다.

다른 무엇인가가 있지만 자세히 말해주기 뭐한 사정이 있음을 알아차렸다.

"용비강, 저번에 혈교 일로 도와줬으니 이번에는 네가 날 좀 도와야겠다."

"어련하시겠어."

졌다는 듯이 말하며 용비강은 어깨를 으쓱했다.

적당히 쉬었다고 생각했는지 설무린이 자리에서 일어났다.

"이제 많이 쉰 것 같으니 다시 가자고."

지치지도 않는지 다시금 설무린은 산을 타고 오르기 시작한다. 그런 설무린의 모습에 용비강이 혀를 찼다.

'누군지 모르지만 참 재수도 없는 놈이로군. 하필이면 저런 놈한테 원한을 사서는…….'

한 번 본 적도 없는 녹림도에게 연민이 치밀었다.

*　　　*　　　*

호북성 홍산에는 오래전부터 녹림도들이 있었다.

처음에는 그저 지나가는 사람들의 푼돈이나 뜯는 산적질이었지만 점점 시간이 흐르며 그들의 힘은 커져만 갔다.

더군다나 그런 녹림도 무리에 어떤 절대적인 사내 하나가 나타났다.

수하 둘을 데리고 나타난 그는 절대적인 무위로 단숨에 홍

산에 있는 녹림도들을 휘어잡았다. 녹림칠십이채(綠林七十二
寨)에도 끼지 못하는 홍산의 녹림도들이었지만 실질적인 그
들의 힘은 대단했다.

심지어 그들은 근방에 있는 마을에서 다달이 돈까지 받을
정도에 이른 것이다.

몇 번이고 관군에게 도움을 청했지만, 녹림도들은 신출귀
몰했다. 그리고 강한 무력까지 지녔다. 괜히 도움을 청했다가
오히려 관군이 물러난 후 그에 상응하는 대가를 치러야만 했
다.

일이 그리되니 마을에서도 홍산 녹림도들의 눈치를 볼 수
밖에 없게 되었다.

혈왕채라고 불리는 그들은 이 근방에서 왕처럼 군림했다.

홍산 내부에 마을처럼 커다랗게 집을 지어 살 정도로 혈왕
채의 성세는 대단했다.

그런 혈왕채의 입구에서 젊은 사내 하나가 꾸벅거리며 졸
고 있었다.

어젯밤 늦게까지 도박을 하느라 제대로 잠을 자지 못한 탓
이다. 자면서까지 어제 잃은 돈을 잊지 못했는지 녹림도가 중
얼거렸다.

"망할, 사기꾼 같은 놈들……."

그때 의자에 앉아 잠꼬대를 하는 녹림도의 앞에 그림자가
길게 드리워졌다.

그 그림자의 주인공은 바로 설무린이었다.

꾸벅거리며 조는 사내에게 다가간 설무린의 발이 빠르게 나무로 된 의자의 다리를 부쉈다.

팍!

"켁! 뭐, 뭐야?"

다리 한쪽이 나가면서 그대로 땅에 쓰러졌던 사내는 반사적으로 튀어 오르며 소리쳤다.

자리에서 벌떡 일어난 그는 눈앞에 있는 낯선 세 명을 발견했다.

잠이 확 하니 달아났다.

사내가 급히 허리에 손을 가져다 대면서 소리쳤다.

"네놈들은 뭐……."

팍!

"허읏!"

기습적으로 틀어박힌 일격에 사내가 허리를 굽히며 쓰러졌다. 설무린이 그를 내려다보며 말했다.

"여기가 혈왕채냐?"

"이, 이 새끼가 여기가 감히 어딘 줄 알고!"

올려다보는 사내의 눈에 독기가 어렸다.

상대가 제법 강한 무인이라고 직감했다. 그런데도 불구하고 이처럼 사내가 당당할 수 있는 것은 바로 채주와 두 명의 호법 때문이었다.

"아무래도 맞는 것 같은데."

옆에 있던 용비강이 심드렁하게 말했다.

녹림도 대부분은 삼류의 무공을 익힌 자들이 태반이다. 개중에 일부 뛰어난 자들이 있기는 하지만 이런 홍산에 녹림고수가 있을 리가 없다.

더군다나 홍산의 녹림도는 유명하지 않다.

녹림칠십이채에도 끼지 못하는 자들.

어느 정도 무공을 아는 자만 온다고 해도 뒤집을 수 있을 것이다.

용비강은 혈왕채의 내부를 슬쩍 살펴보면서 감탄했다는 듯이 혀를 내둘렀다.

"이놈들은 대체 무슨 배짱으로 이렇게 마을까지 만든 채 살고 있는 거야. 관군이라도 동원되면 어쩌려고."

"크크! 멍청한 자식, 우리 채주에게 걸리면 그따위 관군이야 우습지."

아직까지 고통 때문에 일어나지도 못하는 사내였지만 입만큼은 부지런히 놀렸다.

용비강은 떠들어대는 녹림도의 말을 깨끗이 무시하고는 설무린에게 물었다.

"겨우 이런 놈들 때문에 내 식사를 포기하고 며칠 동안 죽어라 달린 거야? 거기다가 입구를 지키는 놈이 이 꼴이 됐는데 나오는 놈이 하나도 없다는 게 말이 돼?"

이해가 가지 않는다.

이 정도 녹림도들을 만나기 위해 설무린이 이곳까지 온 것부터가 말이다.

이같이 마을의 초입에 자신들이 나타나서 선두에 있는 자를 제압했음에도 불구하고 마을은 조용했다.

해가 벌써 중천에 떴는데 아직까지 잠자리에 들어 있는 자들이 태반이기 때문이다.

설무린은 방금 전 졸고 있던 사내를 생각하니 대충 그러한 사실을 짐작할 수 있었다.

"아직까지 잠이라도 자는 모양이지."

"누군 죽어라 달려서 이곳에 왔는데 막상 날 그리 만든 놈들은 아직까지 자빠져 자고 있다고?"

"자고 있다면 깨우면 그만이지."

대수롭지 않게 말하고는 설무린이 손바닥을 휘둘렀다.

퍼엉!

마을의 중앙에 있던 나무 한 그루가 커다란 폭음과 함께 터져 나갔다.

터져 나간 나무의 잔해들이 사방으로 우박처럼 쏟아지면서 집들을 두드렸다.

두두두!

설무린이 손을 털며 미소를 지었다.

"내가 온 걸 알렸으니 이제 환영을 받겠군."

"이, 이이 미친놈이!"

마을의 상징 같은 거목을 단번에 날려 버리는 설무린의 무위에 놀라면서도 녹림도는 버럭 소리를 질렀다. 그리고 설무린의 생각대로 커다란 소리에 잠에 빠져 있던 녹림도들이 모두 집 바깥으로 쏟아져 나왔다.

제대로 행색도 꾸리지 않은 녹림도들의 시선이 정문 쪽으로 쏟아졌다.

자신들에게로 향하는 시선을 보며 설무린이 어깨를 으쓱했다.

"이젠 마을 사람들 모두 우리가 온 걸 알았을 거야."

"그건 그렇겠군. 하지만 조금 방법이 과격했던 것 같은데."

살기 어린 녹림도들의 흉흉한 표정을 보며 용비강이 장난스럽게 말했다.

벌써부터 안으로 다시 들어갔던 자들은 병기를 가지고 집 밖으로 뛰쳐나와 이쪽을 향해 걸어오고 있었다.

숫자는 대략 오십 명 정도.

사람 수로 치자면 상대편이 압도적으로 많았지만 그들은 기껏해야 삼류나 이류의 무인 정도에 불과하다. 문제가 될 정도의 자는 보이지 않는다.

설무린 일행이 있는 곳으로 다가온 그들이 대략 삼 장 정도의 거리가 남자 멈춰 섰다.

선두에 있던 거칠어 보이는 사내가 버럭 소리를 질렀다.

"너희가 뭐 하는 놈들인지는 몰라도 저 나무를 부순 대가는 톡톡히 치러야 할 게다!"

"시끄럽고, 당신들 우두머리나 좀 만날까 하는데."

"미친놈, 너 따위가 만날 수 있을 정도로 채주님께서는 한가하신 분이 아니다!"

그 한마디 말 덕분에 역시나 지금 모습을 드러낸 자 중에 채주가 없다는 사실을 확인했다.

설무린은 당장이라도 달려들 것만 같이 살기를 뿜어대는 녹림도들에게 들으라는 듯이 말했다.

"괜히 덤볐다가는 크게 다칠지도 모르니까 채주에게 안내나 해주지 그래."

"저, 저 썩을 놈이 주둥아리 놀리는 꼴 좀 보게?"

더 이상은 참지 못하겠는지 선두에 섰던 사내가 그대로 손에 들린 도끼를 집어 던졌다.

제법 완력이 있었는지 꽤나 묵직한 도끼가 빠르게 설무린의 안면으로 날아들었다.

팡!

회심의 미소를 짓고 있던 사내의 표정이 구겨졌다.

살짝 고개를 비틀며 주먹으로 도끼의 날을 후려치자 방향을 바꾸며 옆으로 튕겨져 버린 것이다. 너무나 수월하게 공격을 받아내자 오히려 공격을 가했던 상대가 움찔해 버렸다.

애초부터 채주를 데리고 오라고 한다 해서 쉽게 그리해 줄 거라고는 생각하지 않았다.

"정 말해주기 싫다면 억지로 알아내는 수밖에."

설무린이 성큼 앞으로 나서자 녹림도들은 자신들의 무기를 들어 올렸다.

당장이라도 싸움이 벌어질 것만 같은 일촉즉발의 상황에서 녹림도들의 뒤쪽에서 누군가의 목소리가 들렸다.

"너희들의 상대가 아니다. 물러나라."

"좌호법님이시다!"

누군가가 버럭 소리를 지르자 녹림도들이 양쪽으로 갈라지며 길을 만들었다.

모습을 드러낸 것은 한 자루의 검을 연상케 하는 날카로운 사내였다.

다소 마른 체형의 좌호법이라 불린 사내는 날카로운 눈으로 혈왕채를 찾아온 세 명을 훑어봤다.

좌호법은 이곳에 있는 다른 녹림도와는 달랐다.

채주, 우호법과 함께 갑자기 나타난 인물로 녹림도로 있기에는 너무나 무공이 고강한 자였다.

좌호법이 차갑게 식은 목소리로 나무를 가리키며 말했다.

"저 나무를 박살 낸 것이 누구 짓이냐."

"내가 했소만."

"그래? 그럼 네놈 머리도 저것처럼 박살을 내주지."

“이런, 내 머리가 저 나무보다는 제법 비쌀 거라고 생각하
는데.”

“그건 네 생각이고.”

좌호법은 허리에 찬 검을 뽑아 들었다.

스르릉.

설무린을 바라보는 좌호법의 눈은 마치 뱀을 연상케 했다.

바라보는 것만으로 사람의 오금을 저리게 만드는 그런 자
였다.

“어린 나이에 제법 검 좀 쓴다는 소리를 듣는 모양인
데…… 어린놈이 겸손할 줄도 알아야지.”

“겸손? 그게 뭐요?”

피식 웃으면서 대꾸하는 설무린의 행동이 좌호법의 심기
를 건드렸다.

검에서 매서운 검기가 쏘아져 나왔다.

타앙!

히죽거리며 웃는 와중에도 설무린은 날아드는 공격을 검
을 세워 어렵지 않게 막아내고는 자신을 노려보는 좌호법을
향해 재미있다는 표정을 지었다.

녹림도의 공격이라고는 쉬이 믿어지지 않았다.

이자는 제대로 된 무인이다.

그리고 이들이 어디에 소속된 무인들인지는 설무린은 알
고 있었다. 야율초재가 보내왔던 서찰, 그 안에 이들의 신상

명세가 적혀 있었기 때문이다.

"그래도 한가락 믿는 구석이 있었군."

차갑게 내뱉은 말과 함께 좌호법이 유령처럼 앞으로 다가와서 검을 휘둘렀다. 설무린의 몸이 뒤로 미끄러지면서 검을 피해냈다.

동시에 다시 달려드는 좌호법을 검으로 막아섰다.

촤악!

갑자기 내뻗어진 검. 그것은 좌호법에게 닿지 않았다. 그렇지만 검은 손가락 한 마디 정도의 거리만 남겨둔 채 좌호법을 견제하고 있었다.

묘한 싸움이 둘 사이에서 시작됐다.

둘 모두 꼼짝도 하지 않는다. 설무린이 조금만 움직이면 검은 좌호법의 목을 뚫고 지나갈 것 같다. 좌호법의 시선이 설무린의 손목에 고정됐다.

슬쩍이라도 움직일 때마다 좌호법의 몸도 좌우로 조금씩 틀렸다.

'이 애송이… 만만치 않군.'

좌호법은 자신의 코앞에서 움찔거리는 검을 보며 속으로 지땀을 쏟아냈다. 조금만 틀어지면 당장이라도 목을 뚫고 지나갈 것 같다.

모든 신경이 검 하나로 향했다.

잠시간 그런 상태를 유지하다가 결국 참지 못한 좌호법이 먼저 선공을 날렸다.

좌호법은 발로 설무린을 밀어내면서 급히 검의 간격에서 빠져나오려 했다. 그렇지만 피해내면서 내지른 일검이 허리를 스치고 지나갔다.

"허어!"

아슬아슬하게 슬쩍 베이고 말았다.

피가 흐르기 시작한 허리를 감싸 쥔 좌호법을 향해 여유 넘치게 설무린이 말을 걸었다.

"제법 날카롭지 않소?"

"입만 산 놈인 줄 알았는데 그래도 어느 정도 실력은 있구나."

"휴! 아직도 모르겠소? 당신은 나를 이기지 못한다는 걸 말이오."

"길고 짧은 건 대보기 전까지는 모르는 법이니라."

비록 부상을 입기는 했지만 이 정도쯤이야 싸우면서 생기는 우스운 상처에 불과하다.

갑자기 이런 자가 어디서 나타났는지 모르겠지만 왠지 모르게 느낌이 좋지 않다.

'슬슬 이곳도 떠야 하는 것인가.'

좌호법은 검을 움켜쥐었다.

떠날 때 떠나더라도 이곳에서 남은 일이 있었다. 그것은 바로 눈앞에 있는 사내를 쓰러뜨리는 것이다. 좌호법은 검을 휘두르는 척하더니 수장을 움직였다.

퍼엉―!

가죽 북 터지는 소리와 함께 장력이 혈왕채의 입구를 박살 내버렸다. 돌로 된 입구가 단숨에 무너져 내렸지만 좌호법은 전혀 신경 쓰지 않았다.

좌호법의 시선은 옆으로 빠르게 빠져나간 설무린을 좇고 있었다.

'놈을 잡아야 한다!'

쥐새끼처럼 재빠르게 움직이는 설무린을 잡는 것은 결단코 쉬운 일이 아니다. 좌호법 또한 빠르게 옆으로 달리며 품 속으로 손을 집어넣었다.

소매 속에 넣었던 손을 꺼내며 동시에 무엇인가를 설무린 이 움직이는 방향을 향해 뿌렸다.

피리링!

기괴한 바람 가르는 소리가 설무린의 귓가에 들려왔다.

달리고 있던 설무린은 뒤도 돌아보지 않고 멈추어 방향을 선회했다. 방향을 선회한 것으로 모자라 설무린은 갑자기 고 개를 숙였다.

이해할 수 없는 행동이었지만 순간 설무린의 굽혀진 미리 위쪽에 있던 나무들이 뭉텅이 베어져 넘어갔다.

만약 고개를 숙이지 않았다면 목이 날아갔을 상황이었다.

"용케도 알아차렸구나!"

휘릭, 휘릭.

좌호법의 손목이 움직일 때마다 무엇인가 소리가 난다. 그리고 허공에서는 거짓말처럼 얇은 비수 하나가 빙글빙글 돌고 있었다.

"오오! 이기어검(以氣馭劍)이다!"

녹림도 중 하나가 놀란 듯이 소리쳤다.

그렇지만 설무린은 그 말을 귓등으로 가볍게 흘렸다.

지금 좌호법의 손목 움직임에 따라 움직이고 있는 비수는 결코 이기어검이 아니었다.

그저 보이지 않는 얇은 실로 묶여 있을 뿐이다.

'멍청하긴.'

확실하지 않은 지식은 없느니만 못하다.

설무린이 전혀 동요하지 않자 좌호법은 그가 이 병기의 비밀을 알아차렸다고 생각했다.

"피할 때부터 눈치는 챘지만…… 아는 모양이군."

"물론. 그런 뻔한 속임수에 당하겠소?"

"뭐, 애초에 속아주길 바란 것도 아니었으니까."

말이 끝나기가 무섭게 손목이 움직였고, 설무린은 허공으로 뛰어올랐다. 비수가 땅에 박혔다가 공중으로 솟구친 설무린을 향해 위로 날았다.

그때 날아드는 비수의 옆면을 발로 가볍게 밟은 설무린의 몸이 재차 도약했다.

설무린의 몸이 허공으로 십 장 높이로 솟구쳐 올랐다가 떨어져 내렸다. 묘기와도 같은 설무린의 움직임에 녹림도들조차 넋을 잃고 말았다.

땅에 내려선 설무린을 바라보던 좌호법의 안색이 굳어졌다.

녹림도들과는 달리 지금 설무린이 행한 행동이 어떠한 것인지 잘 알기 때문이다.

'공격해 들어오는 비수를 밟고 다시 한 번 도약했다.'

그 말은 곧 초상비(草上飛) 이상의 경공을 익혔다는 소리다.

물 위에 떠 있는 풀잎을 밟고서도 몸을 날릴 수 있다는 상승의 경공 초상비.

전 중원을 뒤진다 해도 이 같은 경지에 오른 자는 얼마 되지 않을 것이다. 하물며 상대는 이처럼 젊은 사내이니 놀람은 더했다.

'나로서는 무리다. 초상비라니……'

좌호법이 저 나이였을 때는 상상도 하지 못했을 경지. 그리고 평생을 노력해도 도달할 수 있을지 장담할 수 없는 수준에 설무린은 올라 있는 것이다.

혼자서는 무리라는 판단은 비단 좌호법만 한 것이 아닌 모양이었다.

"멈춰라!"

우렁찬 목소리와 함께 거구의 사내가 허공을 날아 땅에 내려섰다.

쿠웅—!

묵직한 충격이 땅을 타고 거리가 있던 설무린에게까지 전해져 왔다. 커다란 덩치에 녹림도에 어울릴 법한 험상궂은 얼굴의 주인이었다.

"우호법!"

"어때, 제때 온 것 같나? 으하하!"

좌호법을 향해 크게 웃음을 터뜨린 거구의 사내는 예상대로 우호법인 모양이다.

그리고 그 뒤로 중년의 사내가 나타났다.

생긴 것은 유약한 학사처럼 보였지만 중년 사내의 등 뒤에는 어른 키만 한 대도 한 자루가 달려 있었다.

어울리지 않을 것만 같은 둘이 묘하게 하나의 그림을 이루는 것은 그만큼 중년의 사내가 대도를 사용하는 데 능숙하다는 소리인 것이다.

중년의 사내는 부서진 나무와 엉망이 된 혈왕채의 입구를 바라보며 탄식했다.

"허어, 이거 아침 댓바람부터 무슨 일이란 말인가."

해가 이미 중천에 떴거늘 아침 댓바람이라고 말하는 중년 사내의 말이 어색하기도 했지만, 분명 이곳에 있는 녹림도들에게 지금은 아침 댓바람이라 표현할 수도 있는 노릇이었다.

중년의 사내, 곧 이곳 혈왕채의 채주가 가만히 서 있는 좌호법을 바라보며 말했다.

"멀리서 보고 있었는데 좌호법이 꽤나 밀리더군."

"송구합니다."

"아냐, 아냐, 상대가 좋지 않은 것뿐인데 뭘. 설마 아침 댓바람부터 초상비를 사용하는 작자가 혈왕채를 습격할 줄 누가 알았겠어."

혈왕채 채주의 말투는 뭔가 계속해서 장난기가 묻어났다.

채주는 등에 짊어지고 있던 도를 풀어 손에 쥐었다. 자신과 비슷한 크기의 도를 슬슬 흔들던 채주가 설무린을 바라보면서 물었다.

"제법 하더군. 그렇지만 이제는 그리 쉽지 않을 게야. 넌 내가 상대하지."

"혼자서는 힘들 텐데……."

설무린이 웃으면서 대꾸하자 마찬가지로 혈왕채의 채주 또한 웃음으로 답했다.

"잊었나 본데 우리는 말이야, 녹림도야. 더러운 짓도 서슴없이 하지."

양옆에 서 있던 좌호법과 우호법이 양쪽으로 스리슬쩍 움직였다.

합공이라도 하려는 것인가 생각했지만 설무린의 예상은 빗나갔다.

“남은 둘을 잡아!”

명령과 함께 두 호법이 설무린의 양쪽으로 갈라지며 뒤쪽으로 달려갔다.

그 둘은 용비강과 북설을 노리는 것이었다.

급히 몸을 돌려 막으려 할 거라 생각했던 채주는 설무린이 미동도 하지 않자 이상하다는 표정을 지었다. 계획대로라면 돕기 위해서 몸을 돌려야 했고, 그 틈을 이용해 설무린에게 공격을 가하려고 했던 것이다.

물론 그것으로 타격을 입힌다면 좋은 것이고, 그렇지 않는다고 해도 두 명의 인질이 생긴다.

더군다나 좌호법, 우호법뿐만이 아니라 다른 녹림도 오십 명도 있다.

둘을 포로로 삼는다면 설무린의 움직임도 제한시킬 수 있을 거라는 판단에서 내린 행동이었다.

그런데……

“큭, 큭큭!”

움직이기는커녕 설무린이 오히려 웃기 시작했다. 웃음을 터뜨린 설무린이 앞으로 다가오면서 입을 열었다.

“채주, 상대를 너무 얕본 것 같습니다.”

“뭐?”

설무린의 말뜻은 바로 알 수 있었다.

달려드는 것과 비슷하게 반대편으로 튕겨져 나오는 수많

은 녹림도들이 그 증거였다.

"으악!"

검도 빼지 않고 주먹으로 둘은 단숨에 녹림도들을 쓸어버렸다. 그러면서도 달려드는 좌호법과 우호법의 공격을 너무나 수월하게 막아냈다.

"이, 이런."

채주는 도를 들지 않은 왼손으로 뒷머리를 긁적였다. 계산과는 전혀 반대의 상황이 펼쳐졌기 때문이다.

녹림도들은 순식간에 정리가 됐고, 남은 좌호법과 우호법도 일 대 일로 싸움이 시작됐다. 하지만 한눈에 보기에도 싸움은 일방적으로 흘러갈 것 같았다.

혈왕채 채주가 놀랐다는 어조로 말했다.

"대체 뭐 하는 젊은이들인지 모르겠군."

"그건 곧 알게 될 겁니다. 채주가 우리에 대해 궁금한 것이 많듯이 나도 물어보고 싶은 게 많으니까요, 파월도(派月刀) 교중학(嶠中鶴)."

혈왕채 채주가 딱딱하게 굳었다. 그렇지만 그는 애써 태연한 척 행동했다.

"파월도 교중학이라니? 오해를 한 모양이군. 그게 누군지 난 모른다."

"아닌 척해도 다 알고 왔으니 시치미 떼도 소용없습니다."

설무린의 미소를 보는 순간 혈왕채의 채주는 속일 수 없다는 걸 알았다.

확신에 찬 미소다.

넘겨짚은 것이 아니라 무엇인가 알고 있기에 찾아온 것이 분명했다.

애초에 이 같은 자들이 이유도 없이 혈왕채를 기습한다는 것 자체가 이상한 것이다.

이들의 목적은 바로 파월도 교중학과 그의 두 호법인 모양이다.

"아무래도…… 내가 살려면 너희를 죽여야겠군."

교중학은 더는 설무린의 말을 부인하지 않았다.

변명을 하는 대신 교중학은 대도(大刀)를 들어 올렸다. 단 일격에 태산마저 부술 것 같은 박력이 그의 몸에서 흘러나왔다.

교중학이 설무린을 향해 발걸음을 옮기려고 할 때 그가 손을 들어 움직임을 막았다.

"잠깐. 굳이 한쪽이 죽지 않고도 해결할 방도가 있지요."

설무린이 고개를 돌려 뒤쪽에서 싸우고 있는 용비강에게 고함을 질렀다.

"용비강, 그 혈 뭐라고 했던 무공을 사용해! 그럼 싸움이 끝날 테니까. 아, 그 무공으로 공격을 하라는 소리는 아니다."

우호법과 힘 대결을 펼치던 용비강은 설무린의 갑작스러운 말에 투덜거렸다.

"사용하면서 공격은 하지 말라니, 그게 대체 뭐야."

투덜거리면서도 용비강은 설무린의 부탁대로 몸 안에 있는 내공을 끌어 모았다. 주변의 기운이 용비강을 향해 빨려 들어가기 시작했다. 그리고 핏빛 강기가 사방으로 그 발톱을 드러내기 시작했다.

혈뢰기가 펼쳐지는 순간 우호법과 좌호법이 뒤로 주춤거리며 뒷걸음질치기 시작했다.

무서울 정도의 살기에 숨이 막혀온다.

하지만 그들이 물러선 것은 그 때문이 아니었다.

두 호법의 눈이 뒤쪽에 있는 채주인 교중학에게로 향했다.

두 호법은 자신들의 눈을 믿기 어려웠다.

교중학은 정신을 잃은 것마냥 멍하니 서서 용비강의 몸 주변에서 솟아오르기 시작한 붉은 강기들의 가닥을 바라봤다.

이러한 무공은 온 천하를 뒤져도 단 하나밖에 없다.

"혈뢰기……."

교중학의 중얼거림을 듣자 설무린은 급히 용비강에게 소리쳤다.

"그만 거둬! 더 버텼다가는 예전처럼 또 혼절하겠다."

설무린이 말이 떨어지자 용비강은 혈뢰기를 거두었다. 그럼에도 불구하고 용비강은 상당히 지친 얼굴이었다.

거칠게 숨을 토해내며 아직까지 상황을 이해하지 못한 용비강이 멀리에 있는 설무린에게 고함을 질렀다.

"야! 무슨 생각으로 이 같은 일을 벌인 거야? 괜히 나만 힘들어 죽겠잖아!"

"답은 채주가 해주겠지."

설무린이 아직까지 움직이지 않고 있는 교중학을 바라보았다. 그제야 정신을 차린 교중학이 용비강을 향해 다가갔다.

용비강의 지척까지 다가간 교중학이 갑자기 무릎을 꿇었다. 그러자 뒤쪽에 있던 두 호법 모두가 땅바닥에 절을 하듯이 엎어졌다.

"어어?"

세 사람의 행동에 놀란 용비강이 당황하고 있을 때 고개를 숙인 채로 교중학이 입을 열었다.

"혈교의 교주님께 파월도 교중학이 인사 올립니다."

第十章
설(說)

　설무린 일행은 혈왕채의 채주 교중학에게 극진한 대우를 받으며 그들의 거처로 향했다. 너무나 갑작스럽게 일이 벌어지기는 했지만 용비강은 대충 상황을 알아차렸다.

　이자들이 혈뢰기를 알아봤다.

　그 말은 곧 혈교에 관련된 자들이라는 소리다. 거기다가 자신에게 무릎을 꿇은 것을 보아하니 혈교의 무인들인 모양이다.

　용비강이 교중학의 뒤를 따라가다 옆에 있는 설무린을 흘겨봤다.

　'이 자식, 알고 있었어.'

서찰로 연락받았을 때 아마도 이 같은 상황을 알았을 게다. 이번에 도와달라고 말했을 때 단순히 싸움을 도와달라고 하는 건 줄 알았다.

그렇지만 단순히 그것이 다가 아닌 모양이었다.

거처에 도착한 교중학이 먼저 문을 열고 안으로 들어가더니 고개를 숙이며 용비강에게 말했다.

"이런 누추한 곳에 모셔서 죄송합니다."

"누추하긴요. 이 정도면 충분하지요."

셋이 방 안으로 들어서자 두 호법은 문을 닫고는 양쪽에 서서 문을 지켰다.

모두가 자리에 앉자 교중학이 다시 한 번 사죄의 말을 올렸다.

"몰라 뵙고 함부로 대한 점 다시 한 번 사죄드립니다, 교주님."

"모르고 서로 벌인 일 아닙니까. 이제 됐습니다. 그리고 자꾸 교주라고 부르지 않으셨으면 하는군요. 제 아버지가 교주셨지 전 교주가 아닙니다."

"그렇지 않습니다. 혈뢰기를 익힌 분만이 혈교의 진정한 교주가 되실 수 있습니다. 현재 전 중원에서 혈뢰기를 사용하실 수 있는 사람은 단 한 분뿐입니다."

말을 마친 교중학이 용비강을 뚫어져라 바라봤다.

비록 이렇게 녹림도가 되어 있었지만 교중학은 뼛속 깊숙이 혈교의 무인인 사내였다.

교중학의 말투는 단호했다.

그의 마음을 꺾기 어렵다고 생각했는지 용비강은 더는 그것에 대해 왈가왈부하지 않았다.

잠시 용비강의 눈치를 보던 교중학이 조심스럽게 물어왔다.

"그런데 어떻게 제가 이곳에 있는 것을 아시고 찾아오셨는지 여쭈어봐도 되겠습니까?"

"아."

그제야 용비강은 이곳에 찾아온 목적이 생각났다.

자신에게는 아무런 언급도 하지 않았기에 알 수 없는 서찰의 내용. 설무린은 용비강의 시선이 자신에게 향하자 그제야 말을 꺼냈다.

"교중학, 묻고 싶은 게 있어서 왔습니다."

"……."

교중학은 대꾸없이 용비강을 바라봤다.

마치 그것에 대한 허락을 구하기라도 하려는 듯이 말이다. 용비강은 고개를 끄덕였고, 그걸 보고 나서야 설무린은 이곳 흥산까지 오게 된 이유를 밀했다.

"천명검파를 아십니까?"

"…물론."

잠시 머뭇거리던 교중학이었지만 그는 고개를 끄덕이며

대답했다. 교중학의 애매한 태도에서 확신을 가지며 설무린이 더욱 깊게 파고들었다.

"알아본 바대로군요. 당신은 오 년 전 천명검파를 무너뜨린 자 중 하나였습니다. 맞습니까?"

"맞네."

서찰의 내용을 몰랐던 북설은 눈을 동그랗게 뜨고 교중학을 바라봤다. 오 년 전 천명검파가 괴한들의 기습으로 무너졌고, 그 빈자리를 소요문이 대신했다.

그 괴한들 중 하나가 바로 앞에 있는 교중학이라는 소리다.

"어떻게 그 일을 했는지 듣고 싶은데……."

설무린이 눈을 가늘게 뜨며 물었다.

이것이 바로 설무린이 이곳 홍산까지 온 이유다. 바로 그 천명검파를 무너뜨리는 것을 도와달라고 시주한 자의 정체를 알아내는 것 말이다.

"정체를 알 수 없는 작자가 갑자기 찾아오더군, 천명검파를 부수는 데 도움을 달라고. 처음에는 정체도 모르는 놈이 나타나 하는 소리라서 무슨 헛소리냐고 쳐죽이려고 했는데…… 주는 돈이 적지 않았어."

혈교가 무너지고 의탁할 곳이 없었던 교중학은 그 당시 돈이 절실했다. 큰돈이 눈앞에서 왔다 갔다 하니 결국 천명검파를 무너뜨리는 일에 끼어든 것이다.

아마도 그때 모였던 대부분의 괴한들이 바로 이렇게 교중학처럼 모였던 자들일 게다.

대충 그때의 이야기를 듣고 나서 설무린이 눈을 빛냈다.

"혹 그 제안을 한 자의 정체를 압니까?"

"알 수 없지. 날 만날 때마다 인피면구(人皮面具)를 착용하고 왔거든. 실제 얼굴은 아마도 단 한 번도 보이지 않았을 걸세."

"기억나는 게 아무것도 없습니까? 어딘가 수상한 점이라던가……."

"흠, 글쎄……."

오 년이나 지난 일이기도 하고 워낙 상대가 정체를 잘 감췄기에 딱히 기억나는 게 없었다. 교중학은 생각나는 것에 대해서 말해주기 시작했다.

"사내였고 체형은 이 정도? 하지만 그거야 역용술로도 가능한 일이니까 확실할 수는 없는 일이고. 특별한 게 없어서 뭐라고 말해줄 게…… 아!"

말하던 교중학이 무엇인가 퍼뜩 생각났는지 감탄사를 내뱉었다. 아무것도 알아내지 못하는 건가 하고 있던 설무린의 얼굴이 밝아졌다.

"뭐 기억나신 거라도 있습니까?"

"그게…… 단서가 될지는 모르겠는데 말이야, 그놈 말투가 조금 이상했어."

"말투 말입니까?"

“그래. 중원의 말을 사용하기는 했는데 뭐랄까, 조금 억양이 다르다고 해야 하나?”

“억양이……..”

설무린이 중얼거렸다.

억양이 다르다는 말에 무엇인가 떠오르는 것이 있어서다. 비록 작기는 하지만 단서 하나를 잡았다.

“다른 건 또 없습니까?”

“흐음, 더 말해줄 만한 것은 없는 것 같군.”

아쉽기는 하지만 그래도 이것만 해도 어디인가.

중원의 말투와 다른 억양이라는 말을 듣는 순간 퍼뜩 떠오른 한 곳이 있었다.

그것은 바로 서역이었다.

서역에서 살던 이들의 말투는 아무래도 중원의 것과는 많이 다를 수밖에 없다.

그리고 서역에는 태양궁(太陽宮)이 있다.

태양궁의 궁주 적운강과 그의 아들인 적사문의 얼굴이 떠오른다.

그리 유쾌한 인연이 아닌 자들.

아주 오래전 일부터 해서 적운강과 설군표의 사이는 좋지 않았다.

‘태양궁주 적운강. 정말로 당신이 개입된 일이라면…… 내가 어렸을 적에 당신 아들에게 맞았던 빚까지 해서 갚아주지.’

어릴 적에는 당했지만 이제는 당하지 않는다.

＊　　　＊　　　＊

서역(西域)의 남목림(南木林).

태양궁이 있는 랍살(拉薩)에서 삼사 일 정도 걸리는 거리에 위치한 곳이다.

남목림 내에는 함부로 들어갈 수 없는 금역이 있다.

그리고 바로 그곳에 어떤 궁이 하나 감춰져 있었다.

남목림의 금역이기도 했지만 진법으로 감춰져 있어 사람들의 눈에는 보이지 않는 궁.

그 궁의 가장 높은 곳이 바로 궁주의 회의실이다.

회의실에 두 명이 앉아 있었다.

한 사람은 바로 태양궁주 적운강이었고, 다른 하나는 나이가 많은 노인이었다.

적운강과 마주 앉은 노인은 한 손으로 턱을 괸 채 다른 손으로 탁자를 툭툭 두드리고 있었다.

"쯧. 대체 무엇을 하고 있는 겐가, 자네."

"죄송합니다."

"죄송하다고 될 문제가 아니야. 뭔가 보이는 결과가 없잖은가, 결과가."

노인이 매섭게 쏘아붙이자 적운강은 고개를 숙일 뿐이었다.

놀라운 일이다. 새외삼궁의 하나인 태양궁의 궁주인 적운강이 고개를 숙일 상대가 있다는 것이 말이다. 하지만 더욱 놀라운 것은 그게 다가 아니었다.

휘장 건너편에서 사내의 목소리가 울렸다.

"시끄럽군."

"죄송합니다, 궁주님."

노인은 급히 휘장 쪽으로 고개를 숙였다. 휘장으로 가려져 보이지는 않지만 안쪽에는 누군가가 있었다. 반쯤 누운 상태인 인물의 그림자가 휘장을 통해 비친다.

바로 이자가 설무린이 그토록 찾는 괴한들의 우두머리였다.

"지회주(地會主)."

"옛!"

지회주라는 부름에 답한 것은 바로 태양궁주 적운강이었다.

휘장 안에서 다시 한 번 사내의 목소리가 흘러나왔다.

"천회주의 말대로야. 북해빙궁 궁주를 암습한 것도 실패하더니 지금까지 뭔가 실적이 없어."

"드, 드릴 말씀이 없습니다."

"아니, 내가 원하는 건 그런 말이 아니야. 당장 실적을 가져와. 알겠나, 지회주?"

"알겠습니다."

적운강이 망설이지 않고 대답했다.

반년 전 설군표가 괴한의 독에 중독된 사건, 그것은 적운강이 벌인 일이었다. 원래의 계획대로라면 설군표가 죽고 지금 북해빙궁은 엉망이 되어 있어야 한다.

그랬다면 계획은 더욱 빨라졌을 수도 있었다.

그런데 어째서인지 모르지만 설군표는 독에 중독되지 않았다.

들쑤셔 놓은 탓에 오히려 북해빙궁 내부의 결속과 치안만 강화되는 꼴이 되어버렸다.

자신을 바라보며 혀를 차는 천회주를 보며 적운강은 속으로 이를 갈았다.

'망할 영감탱이 같으니라고. 내 언젠가 반드시 네놈을 죽이고야 말겠다.'

마음에 들지 않지만 적운강의 지위는 천회주의 아래다.

더군다나 천회주는 지금 저 휘장 안에 있는 사내의 오른팔이다. 궁주는 자신보다 천회주라 불리는 저 노인을 더욱 신뢰하고 있었다.

'천천히 네 자리를 빼앗아주지. 그리고 결국 네놈이 지닌 건 모두 내 것이 될 것이다.'

천회주를 향한 적개심이 고개를 들었지만 적운강은 내색하지 않았다. 지금은 지니고 있는 세력이나 무공, 모든 면에서 그에게 밀린다.

승산이 없는 싸움을 하는 취미는 없다.

"거참 신기하단 말이야. 북해빙궁주가 어떻게 흡혈잠마지독(吸血潛魔之毒)을 해독했을꼬.”

천회주가 적운강을 바라보면서 비꼬듯이 말했다.

그의 말투 하나하나가 마음에 들지 않았지만 적운강은 정중히 대꾸했다.

“저 또한 다방면으로 알아봤지만 도저히 이유를 모르겠더군요.”

“그러게 말이야. 자네가 오랫동안 준비한 물건이거늘 수포로 돌아갔으니 얼마나 안타깝겠는가.”

으드득.

조롱이다.

위로를 하는 척하고 있지만 살짝 올라간 눈초리가 사람을 묘하게 깔보고 있다.

그렇게 적운강이 분노로 치를 떨고 있을 때 휘장 건너에서 다시금 궁주라 불리는 사내가 말했다.

“이미 지난 일을 왈가왈부해 봤자 달라지는 건 없지. 중요한 건 이제부터 어떻게 하느냐다. 북해빙궁의 일은 계속해서 네게 맡길 테니 좋은 성과를 가지고 오도록 해라.”

“그리하겠습니다.”

적운강이 고개를 조아렸다.

적운강에게 이야기를 끝낸 휘장 건너의 사내가 이번에는 천회주에게 말을 돌렸다.

“인회주(人會主)가 요새 바쁜 모양이군.”

“그게… 요새 중원에서 신경 쓸 일들이 제법 있는 모양입니다.”

“신경 쓸 일이라……”

이 정체를 알 수 없는 궁은 커다란 세 개의 세력으로 나뉘어져 있다. 천지인(天地人)의 이름을 딴 세 개의 회가 바로 그것이다.

세 회는 각기 맡은 임무가 다르다.

그중 인회가 맡은 것이 바로 중원에 관련된 일들이었다.

천회주가 잠시 망설이다가 입을 열었다.

“최근 인육마가 죽는 바람에 인회주의 일이 더욱 많아진 모양입니다.”

“인육마가 죽었다고?”

“그렇습니다.”

“중원에서 인육마를 죽일 정도의 무인이라면 흔치 않을 터인데…… 원한이라도 가진 자들이 기습이라도 한 것이냐?”

“그게 아니오라 상대를 죽이려다가 오히려 인육마가 죽었답니다.”

휘장 안에 있는 궁주는 한동안 말이 없었다.

인육마 정도 되는 자라면 이 궁에서도 흔하지 않다. 그는 인회 소속의 무인으로 그곳에서 중요한 일들을 해내는 핵심 인물 중 하나였다.

침묵하던 궁주가 마침내 물었다.

“대체 인육마가 죽이려고 한 놈이 누구냐?”

“설무린입니다.”

“설무린이라면…….”

“북해빙궁의 소궁주입니다.”

“귀에 낯설지 않다 했더니 그놈이었군.”

최근 들어 몇 가지 보고를 듣는 과정에서 스치듯이라도 나왔던 이름이다.

설무린의 이름이 언급되자 가만히 있던 지회주 적운강이 움찔했다.

‘그 애송이 놈이 인육마를 죽였다고?’

적운강은 믿기 어렵다는 듯한 표정을 지었다. 일전에 사혈괴마와 흑풍귀를 죽였다는 이야기에도 놀랐거늘 인육마까지 죽였다니…….

“인회주가 요새 그놈 때문에 고민이 많은 모양입니다. 처음엔 죽이려고 했는데 또 그러기에는 제법 강한 터라 이쪽의 피해도 있고, 괜히 건드려서 북해빙궁이 본격적으로 조사에 나서면 귀찮으니까 말이지요.”

“그런데 그 설무린이라는 놈, 묘하게 계속 우리 일에 얽히는 것 같은데.”

“그럴 확률은 극히 적습니다. 설무린에게 꼬리가 잡힐 만한 일은 없었으니까요. 그리고 매번 싸움은 저희 쪽에서 먼저 걸었습니다.”

"알긴 하는데…… 뭔가 이상하단 말이야."

증거는 없지만 뭔가 꺼림칙한 기분이 드는 게 묘하게 신경을 건드린다.

휘장 안의 궁주의 행동에 천회주가 손사래를 치며 말했다.

"궁주님께서 고민하셔야 될 정도의 인물이 아닙니다. 그놈이야 저희가 마음만 먹는다면 언제라도 죽일 수 있지 않습니까."

"후후, 그것도 그렇군. 그나저나 제법이야, 그 나이에 인육마를 죽일 정도라니. 역시 범이 기른 자식답군."

나이 대에 맞지 않게 제법 강하다고는 하지만 그뿐이다.

마음만 먹으면 언제든지 죽일 수 있는 놈.

천회주는 그리 생각했고, 휘장에 가려져 있는 궁주 또한 그러했다.

휘장 안에 있는 사내가 천천히 몸을 뉘이며 중얼거렸다.

"설무린이라……."

그가 피식 웃었다.

『빙마전설』 5권에서 계속…

BOOK Publishing CHUNGEORAM

BLUE
BOOK

무한 상상 무한 도전의 힘!
블루부크

EXCITING! BLUE! 블루부크(BLUE BOOK) 청어람의 또 다른 이름입니다.

BLUE는 맑게 갠 가을 하늘과 넓은 바다입니다.
그곳에는 미래에 대한 희망과
보다 넓은 미지의 세계에 대한 동경이 담겨 있습니다.

BLUE는 젊음과 패기를 의미합니다.
언제나 새로운 시작을 위한 힘이 있고
세상에 대한 도전의식이 충만합니다.

블루가 새로운 도전과 희망으로
곧! 여러분과 함께합니다.

BLUE
BOOK
도서출판 청어람

유행이 아닌 자유추구 -
WWW.chungeoram.com   Book Publishing CHUNGEORAM